純情ギャルと不器用マッチョの恋は焦れったい

A pure-hearted gal
and a clumsy macho
are impatiently
in love.

秀 章

illust
しんいし智歩

犬浦藍那
高一
kg

須田孝士
高一

「パーソナルトレーナーって……

先生役になってくれるってこと？」

「ああ」

「中学の時みたいに？」

その問いかけは、俺の胸には無性に響いた。

犬浦も、あの中学時代の出来事を覚えてくれていたのだと知れたから。

だから俺は一拍遅れて「そうだ」と頷く。

すると、見る間に犬浦は血色を取り戻し、前のめりで答えた。

ep.1 須田と犬浦

「ごめんごめん
マジでごめん～～～！

ep. 7 ギャルの心と秋の空

CONTENTS

DESIGN:Ryosuke Matsuura(musicagographics)

純情ギャルと不器用マッチョの恋は焦れったい

秀章 *illust* しんいし智歩

A pure-hearted gal and
a clumsy macho are impatiently in love.

CHARACTERS

犬浦藍那《いぬうらあいな》
SNSフォロワー50万人超えのギャル。
須田に片想いをしている。

須田孝士《すだこうし》
ベンチプレス130kg超えのマッチョ。
犬浦に片想いをしている。

桃原《ももはら》
須田の友人でクラスメイト。
童顔がゆえに女子によくモテる。

木場《きば》
須田の友人でクラスメイト。
ガラスのハートなミスター破天荒。

白瀬《しらせ》
犬浦の友人でクラスメイト。
おっとりした雰囲気のタレ目ギャル。

秋津《あきつ》
犬浦の友人でクラスメイト。
ワイルドな雰囲気のこんがり系ギャル。

プロローグ

その男、筋肉オタクにつき

とある秋口の昼休み。

高校の体育館に併設されたトレーニングルームは、静かな熱気と、緊張感に満ちていた。

トレーニングマシンが並ぶ室内に、筋骨隆々の男子生徒が二十人、三十人とひしめいている。

柔道部とラグビー部の部員たちだ。

彼らが固唾《かたず》を呑《の》んで見守っているのは、ベンチプレスのラック。バーベルにはバウムクーヘンのように、プレートが幾重にもセットされている。

その重さは実に、一三〇キロ。一般的な原付バイクの車体ですら、一〇〇キロには及ばない。

ラックのそばで二人の巨漢——柔道部の主将と、ラグビー部のキャプテンが乱れた呼吸を整えているが、彼らにも一三〇キロのバーベルは挙上《きょじょう》できなかった。

ゆえに今、その場の皆の注目は、最後の挑戦者へと注がれていた。

すなわちこの俺、須田孝士《すだこうし》へと。

「——ふ————っ……」

深呼吸で集中力を研ぎ澄まし、俺はゆっくりとベンチプレス台へ歩み寄る。

「いけ、須田！」「ファイトぉぉぉお！」と、野太い声援がほうぼうから上がる。

俺は柔道部でもラグビー部でもない。そのどちらとも懇意にさせてもらっている帰宅部だ。

しかし帰宅部だからといって、俺にとっては無謀な挑戦ではない。

まだ高校一年生ではあるが、筋トレ歴は三年弱。中学から家トレで鍛え始め、高校入学以降はこのトレーニングルームも併用し、密度の高い筋トレに励んできた。

おかげで半袖短パンの体育着がキツい。大胸筋や三角筋や僧帽筋《そうぼうきん》でパツパツで、袖と裾から伸びた四肢も、筋肉構造が視認できる。

手首に巻いたリストラップを締め直し、腰のパワーベルトの具合を確かめて、俺はベンチプレス台に寝そべる。

そして一三〇キロのバーベルを掴《つか》み、全身に力を込めた。

「ふっ！」

鋭く呼気を吐くと同時に、ラックからバーベルを外す。

一三〇キロという尋常ではない負荷を腕に、肩に、胸に感じながら、バーベルを下ろしていく。

血流が滾《たぎ》り、筋繊維が発火。周囲からの野太い声援もさらに加熱。

皮膚がはち切れそうなくらい、全身に膨張感が生じる。

その膨張感を解き放つようにして、

「〜〜〜っ！　があっ！！！」

気合いを吐くとともに、一気にバーベルを押し上げきった。

その瞬間、野太い歓声が爆発し、トレーニングルームが揺れた。

みんな興奮している。俺も興奮していた。なにせ自己ベストの更新だ。

バーベルをラックに戻して跳ね起きると、柔道部主将とラグビー部キャプテンが脱帽の笑みを浮かべていた。

「ついに抜かれちまったか……悔しいけど、お前やっぱすげえよ、須田《すだ》」

柔道部の主将が、俺の健闘を讃《たた》えてくれる。

「ハァ、ハァ、とんでもないです。みなさんがいてくれたからこそ、自分もここまで記録を伸ばせました。ありがとうございます」

心からそう思うので、俺は頭を下げる。

「つーかもっと喜べよ須田ぁ！　大記録だぞオイ！　がっはっは！」

そしてラグビー部キャプテンからも祝福されて、俺は意図的に口角を持ち上げた。

内心ではちゃんと喜んでいるのだが、どうも俺は、人と比べて表情に乏しいらしい。友達からもよく指摘されることだ。

すると豪快に笑っていたラグビー部キャプテンが、一転真剣な面持ちになって言う。

「なぁ須田、お前やっぱりラグビー部来いって。何のための筋肉だよ。もったいねえよ！」

熱のこもった勧誘だった。

これに柔道部主将も黙っていない。

「あぁ!?　お前らラグビー部はせいぜい県大会止まりだろ！　それこそ須田の筋肉がもったいねえ！　おい須田、柔道部に来い！　一緒に全国制覇目指そうぜ！」

「なんだとぉ!?」

「なんだよ！」

ラグビー部キャプテンと柔道部主将が今にも取っ組み合いを始めそうになり、見かねた双方の部員たちが慌てて止めに入る。

俺もこの場を収拾せねばと、恐縮して二人に告げた。

「お二人のお誘いはとても嬉しいんですが……。自分は、トレーニーですから」

そう、俺はトレーニー。

日々筋トレに邁進《まいしん》するが、それは武道やスポーツのためではない。

ましてやベンチプレスの記録を追い求めているわけでもない。

理想の身体《からだ》を手に入れること。

そのために鍛錬と自己管理を怠らないこと。

それ自体に大いなる意義を見出《みいだ》した、生粋の筋肉オタクだ。

ep.1 須田と犬浦

ベンチプレスで一三〇キロを挙げた翌日の放課後、俺はまたトレーニングルームへ向かう。

今日は水曜日。

水曜日は運動部の練習メニューの都合上、貸し切り状態になることが多く、存分に筋トレができる。

……はずだったのだが、

「……ん？」

引き戸の小窓から室内を覗《のぞ》くと、先客がいた。

しかもその先客というのは、ギャルだった。

ここの利用者の大半は運動部の男たちで、たまーに見かける女子も、運動部ガチ勢の人だ。

そんな場所に、ウェーブがかった金髪をまとめ上げている、ジャージ姿のギャルがいた。

彼女の名前は知っている。

犬浦《いぬうら》藍那《あいな》。クラスは違うが、俺と同じく一年生。

言わずと知れた有名人で、その知名度の高さは学校内にとどまらない。

犬浦は写真投稿アプリ『アンスタ』でアカウントを開設しており、服だのスイーツだのを自撮りとともに投稿しているのだが、なんとそのフォロワー数は50万人超。

ギャルJK界では目下人気急上昇中のインフルエンサーなのだ。

俺のような筋肉オタクとはノリも文化圏も大きく異なる。まさに別世界の住人だ。

それに犬浦は帰宅部だし、たしか運動やスポーツも苦手だったはず。

そんな犬浦が、なぜトレーニングルームなんかに？

ほかに利用者もいないので、誰かの付き添いというわけでもなさそうだが……。

犬浦は不慣れな様子で、トレーニングマシンやエクササイズグッズを試して回っている。

「あ！　エアロバイクある！　――は？　なにこれ。余裕で足届かないんですけど。ウケる」

エアロバイクに跨《また》がっては脚をブラブラさせ、

「やば！　これ身長めっちゃ伸びる！」

チンニングスタンドにぶら下がってはキャッキャとはしゃぎ、

「あー！　バランスボールもあるじゃーん！　やば！　楽し！　あはは！　――ああ～」

バランスボールに腰掛けてボヨンボヨンしては後ろにひっくり返ったりしている。

その様子は微笑《ほほえ》ましいような、若干ハラハラもするような……。後頭部打つなよ……？

やがて犬浦はスミスマシンにも目を留めた。

スミスマシンとは、レールによって軌道が固定されているバーベルだ。シャフトが一定の高さより下がらないようにする安全装置――ストッパーも付いているので、ベンチプレスやス

クワットを安全に行える。

犬浦《いぬうら》はベンチ台に寝そべり、そのスミスマシンでベンチプレスを始めた。

扱ってる重量は一〇キロと軽めで、わりとスムーズにバーベルを上げ下ろししている。

一見問題ないように思われたが、俺ははっと息を呑《の》んだ。

犬浦は、肝心のストッパーをセットし忘れていたのだ。

俺は慌てて引き戸を開けて、室内に飛び込んだ。

それと同時に、犬浦の筋力に限界が来たのだろう。犬浦はバーベルを胸の高さにまで下ろしきってしまう。

するとどうなるか。

「——え？　え⁉　ちょっと待って！　あれ⁉」

自分の置かれた状況に気づき、犬浦は焦りの声を上げた。

ストッパーをセットしていないので、犬浦は一〇キロのバーベルとベンチプレス台に挟まれ、身動きが取れなくなってしまったのだ。

「なにこれ、どうしよ……⁉　マジで無理なんだけど……⁉　だ、誰か——」

犬浦の声に恐怖が混ざり、助けを求めたのとほぼ同時。

俺は「ふん！」と一息でバーベルを持ち上げ、犬浦を解放してやった。

「ハア、ハア、え、あ……」

犬浦《いぬうら》は寝そべったまましばし呆然《ぼうぜん》。よほど必死だったようで、目尻《めじり》が潤んでいる。

そんな目の焦点が、やがて俺に結ばれると、犬浦は驚いた様子で跳ね起きた。

「す、須田《すだ》!?」

「おお」

実は俺と犬浦は同じ中学の出身で、顔見知りだ。

なんなら一時期、少々込み入った事情もあって、仲良くしていたことすらあった。

しかし、今はもう違う。

「――え、え、待って待って待って、うそ、まじムリ、ありえない、え、え」

犬浦は相手が俺とわかるやいなや、赤面してへどもど。

犬浦の象徴たるぱっちり猫目も伏せてしまい、俺と視線を合わせようともしない。

「………っ」

そして口をパクパクさせ、言葉を探している素振りではあったが、結局、きゅっと唇を引き結んで黙り込んでしまった。

恥ずかしいところを見られてばつが悪い、というのもあるだろう。

しかし、犬浦が俺に対する態度は、いつもこんな感じなのだ。

理由は定かではないが、いつからか犬浦は、俺に対してだけ妙によそよそしくなった。

素っ気ないというか、気まずげな表情ばかり見せるようになった。

俺のことを避けているような……なんなら嫌っているような素振りを見せるようになった。

なので、

「まぁ、なんだ、とりあえず怪我《けが》がなくてよかった。スミスマシンはストッパーが付いてるから、次からはちゃんとセットしたほうがいい。……それじゃお疲れ」

俺は老婆心から忠告だけして、そそくさとトレーニングルームから去ろうとした。

「え!?　あ……ま、待って！」

「ん？」

「……っ、た、助けてくれてありがと。次からは、気をつける、から……」

「お、おお」

なんだお礼かと、内心でホッとする。

犬浦の猫目、真顔だと少し鋭いから、何を言われるかと思った。

「ていうか、え？　なに、わたしを助けるために来てくれたの……？」

たしかに犬浦からすれば、ここで俺が帰れば「救助のためだけに現れた男」に見えるだろう。

しかしそんなわけはない。

「いや、普通に筋トレをしに来たんだが……。水曜の放課後はほぼ毎週来てる」

「あ、だ、だよね。そりゃそっか。……なんだ……」

〝なんだ〟ってなんだ……。

気になるところではあるが、そもそももっと気になることがある。

「それにしても意外だな。犬浦《いぬうら》がトレーニングルームに来るなんて」

「うん……。き、筋トレ、始めたくて」

「おぉ……！　そうなのか。それはいいことだ。うん。筋トレはいいぞ」

意外すぎる回答に、俺はついテンションが上ってしまう。

筋トレは心身の成長に直結する超優良ツールであり、追求の底なきワンダーランドだ。

この素晴らしさ、尊さ、面白さに気づく人が一人でも増えるのは素直に嬉しい。

「あ、あ、でも、須田《すだ》みたいにムキムキになりたいとか、そういうのとはちょっとちがくて！

……その、ちょっと前にアンスタ経由で、アパレルブランドからモデルの依頼が来てさ」

「モデル？　すごいな……」

「う、うん……」

さすがはギャルJK界のインフルエンサーだ。そういう依頼も来たりしてるのか。

素直に感心するやら、いよいよ別世界の話を聞いているようで途方に暮れるやら。

そして犬浦は、持っていたスポーツタオルで口元を隠し、最後にもにょもにょと付け加えた。

「そ、それでちょっと……ダイエットしなきゃかな～？　って……だから、筋トレ……」

ダイエット――女性が筋トレを始める理由としてはもっともポピュラーなものだろう。

それはわかる。わかるのだが……。

「…………」

俺は言葉をつまらせる。

犬浦はおそらく、大きな勘違いをしている。

深入りしていいものかどうか悩んだが、どうしても気になってしまって、俺は尋ねる。

「……犬浦？　ちなみになんだが、いつまでに何キロ痩せたいんだ？」

「えっと、撮影が十一月の半ばくらいだから、それまでに五キロくらい……？　ウエストをきゅっと引き締められたらなって」

「なるほど。およそひと月半で五キロ減か」

「……無理ぽい……？」

「いや、全然いける」

「ほんと!?　やった」

「ああ。ちなみに犬浦、昨日の晩ごはんは何食べた？」

「カレー」

「……今朝は？」

「残りのカレー」

「……なるほど。二日目のカレーは美味《うま》いよな」

「うん！」

うん！　じゃないが。

「朝からおかわりしちゃった」

はいアウト。もうわかった。もうヒアリングは十分だ。

やはり犬浦《いぬうら》は、完全に勘違いをしている。

「あ、そしたらさ須田《すだ》、なんかダイエットにおすすめのマシンとかあったりする？　それ、がんばってみようかな」

そのくせもうすっかりやる気だ。俺への態度も、いくらか軟化しているように思える。

それだけに心苦しいが……犬浦の勘違いを見て見ぬふりするのも不誠実だろう。

俺は断腸の思いで告げた。

「その……犬浦？　非常に言いづらいんだが……犬浦の場合だと、まず取り組むべきなのは筋トレじゃない……」

「え？」

「食事制限だ」

「…………」

そっちのほうが効果的だと、俺はそう伝えたかっただけだ。

けれど言い方がまずかったらしい。

「……〜〜〜っ！」

さっきまで柔らかかった犬浦の表情――それが見る間に強張《こわば》っていく。

俺を見上げていたぱっちり猫目も、泳いでしまって定まらない。

そして、

「っ……だ、だよね！　わかった！　それじゃお邪魔しました！」

犬浦は勢いよく立ち上がると、逃げるようにトレーニングルームを出ていってしまった。

「！　あ、い、犬浦……！」

呼びかけるも、声に力がないせいで、犬浦には届かない。

静寂のなかに一人残され、じわじわと己のしくじりを痛感していく。

いや、犬浦はありがちな誤解をしていたのだ。

世間では、ダイエットの方法として筋トレや、ランニングなどの有酸素運動を思い浮かべる人は多い。筋トレや有酸素運動によって、脂肪を燃やせばいいという理屈で。

あながち間違いではない。ただ、ダイエットという観点からすると、それらは極めて非効率だ。

というのも、筋トレや有酸素運動で燃やせる脂肪など微々たるものなのだ。

実は体重と脂肪の多寡《たか》を左右するのは、ほとんどが食事である。

よって食事制限こそが、ダイエットでもっとも重要なのだ。

筋トレするよりも、まず真っ先にカレーをやめるべきなのだ。

……とはいえだ。

今の俺の言い方、めちゃくちゃ感じ悪くなかったか……？

ただでさえ仏頂面で無愛想な俺があんな言い方したら、「ダイエットなんかでトレーニングルームに来てんじゃねぇぞ」感が出てたんじゃないか!?

「カレーなんて食ってんじゃねえぞ」感が出てたんじゃないか!?

ぬあああああああああ！　最悪だ！　最低だ！　本当にやらかした！

あれもう絶対、嫌われたぞ！

よりにもよって犬浦《いぬうら》に……ずっ、と好きだっ、た女の、子に！

大失態に悶《もだ》えていると、ベンチ台に置かれているスポーツタオルが目に入った。

犬浦が使っていたものだ。どうやら置き忘れていったらしい。

いずれ本人が取りに戻るだろうから、このまま放置しても問題ないだろう。

しかし、見つけてしまった忘れ物をそのまま放置というのも気が引ける。

「……ハァ……」

やらかしたあとではなんとも気まずいが、やむをえまい。

俺はスポーツタオルを持って、犬浦の後を追った。

犬浦はジャージ姿だったから、向かったとしたら更衣室か教室か——そう当たりをつけて、人気《ひとけ》が薄れた放課後の校舎をひたひた進む。

まずは犬浦のクラスである一年C組の教室を覗《のぞ》いてみた。

一瞬、誰もいないかと思った。あまりにも閑散としていたからだ。

しかしよくよく見ると、窓際の席にぽつんと一人、ジャージ姿の女子が座っていて、それが犬浦で——俺は息を飲んだ。

「……ぐすっ……」

犬浦は机に肘をつき、両手の指先で、目元の光るものを拭っていた。

泣いていたのだ。

「…………っ」

俺が泣かせたのか？　それほどのことか？　と焦り、戸惑いもしたが、同時に思い出しもした。

中学時代の、とある光景を。

俺が犬浦の涙を目の当《ま》たりにするのは、これが初めてではない。二度目だ。

一度目は、中学三年の夏、閑散とした放課後の図書室。

あの時も犬浦は、一人で涙を流していた。

だから俺は、いても立ってもいられなくなって、犬浦に声をかけた。

「——犬浦、大丈夫か？」

犬浦《いぬうら》とのひと夏の思い出は、その一言がきっかけで始まった。

そして今、奇《く》しくも同じ一言を、俺は無意識的に口にしていた。

「!? え、あ、す、須田《すだ》!? なんで……!」

俺が声をかけると、犬浦ははっとこちらを振り向いて、慌てて目元を拭う。

「これ、タオル、忘れてたから……」

「あ……うん、ありがと、わざわざ」

俺からタオルを受け取って、犬浦はぽしょぽしょと礼を口にする。

しかし未《いま》だその瞳は涙ぐみ、キョドキョドと視線をさまよわせている。

「〜〜〜っ」

猛烈な罪悪感が、俺の胸を貫いた。

俺は全力で頭を下げる。

「いや、タオルのことよりだ！ さっきの俺、めちゃくちゃ感じ悪かったな!? せっかく犬浦が筋トレに興味を持っていたのに、冷たくあしらうような真似《まね》を……！ 本当にすまん！」

この状況で犬浦が涙する理由なんて、俺にはそれしか思いつかなかった。

だから謝罪したのだが、そういうことではないらしい。

「あ、……全然！ ちがくてちがくて！ 須田が謝る必要ないから！ これはその、なんていうか……わたし、ほんとにすっごいアホだなって……。それで恥ずかしくなったっていうか、情けなくなったっていうか……」

俺が顔を上げると、犬浦はしょぼんと肩を縮こまらせていた。

ギャルJK界のインフルエンサーで、いつも明るく元気で輝いている女の子――それが犬浦のイメージだ。

しかし今は、そんなイメージなど見る影もない。

派手な外見とは裏腹の、弱気な姿を見せている。

中学時代のあの時もそうだった。今と同じように、犬浦は己の至らなさに涙していた。

そんな思い出をなぞるように、俺は犬浦に語りかける。

「恥ずかしくも情けなくもない。初めてのことで躓《つまず》くのは当たり前だ。ましてやダイエットというのは栄養学であり運動生理学だから、初心者が独力で挑むのは実は難しいんだ」

「……えいようがく？　うんどうせいりがく？　いきなりわかんない……」

「ああ、俺も最初はさっぱりだった。というか今まさに勉強中だ。そして勉強してわかったのは、ただでさえ人体は未解明なことも多いうえに、人それぞれ体質も異なるから、絶対的に正しいダイエット方法なんてないということだ。そのくせ間違った方法を取ると成果が出ないどころか、かえって不健康を招く」

「なにそれ無理じゃん……」

「大丈夫。正解はないが、最適解はちゃんとある。——それを知りたくはないか、犬浦《いぬうら》」

「え？」

俺は筋トレ大好きの筋肉オタクだ。しかし同時に、広く〝体作り〟というものに一日《いちじつ》の長《ちょう》がある、ボディメイクオタクでもある。

だから、これからダイエットを——ボディメイクを始めようとしてる人の力になりたい。

そして何より純粋に、俺は犬浦の力になりたい。

犬浦は俺のことを良く思っていないかもしれないが、俺は犬浦のことが好きだから。

「俺をパーソナルトレーナーだと思って頼ってくれ。いつでもなんでも相談してほしい」

「…………っ」

俺の提案に、犬浦は不意を突かれたように息を呑《の》む。

弱気に揺れていた眼差《まなざ》しが、徐々に光を取り戻す。

「パーソナルトレーナーって……先生役になってくれるってこと？」

「ああ」

「中学の時みたいに？」

その問いかけは、俺の胸には無性に響いた。犬浦も、あの中学時代の出来事を覚えてくれていたのだと知れたから。

だから俺は一拍遅れて「そうだ」と頷《うなず》く。

すると、見る間に犬浦は血色を取り戻し、前のめりで答えた。

「うん……うん！　それっ、超いい！　超助かる！　そうしたい！」

色よい返事が返ってくる。その瞬間、俺は膝から崩れそうなほどホッとした。

これで「え、いや、そこまでガチなわけじゃないんだけど……」みたいな、温度差を感じる反応をされたらたぶん立ち直れなかった。

気づけば滝のように流れている汗を、俺は手の甲で拭う。

犬浦もまた、安堵《あんど》の吐息を漏らしながら、くたりと背もたれに寄りかかった。

西日を吸った髪が、美しく輝いて流れる。

そして、

「良かった……久々にちゃんとしゃべったけど、ムキムキにはなったけど……須田《すだ》、中学の時と全然変わってなかったね」

犬浦は明るく人懐こい笑顔を、俺に振りまいてくれた。

「…………っ」

懐かしさがこみ上げてくる。

それは、いつからか犬浦が俺に向けてくれなくなった笑顔だ。

なぜ犬浦は、俺を避けるようになったのか。

その理由はわからない。少なくとも俺のほうに心当たりはない。

おそらく俺が気づかずになにかやらかしていて、犬浦《いぬうら》から敬遠されているのだろう。

ならば、俺も犬浦から距離を取るべきだ。

そもそも犬浦なんて別世界の住人、どうせ実るはずのない片思いだ。

……そう自分に言い聞かせてきた。

そうして俺も、なるべく犬浦には関わらないようにしていた。

けれど、

「……ねえ、そしたらさ須田《すだ》、これ、ライン……交換してくんない……？」

犬浦が、おずおずとスマホを差し出してくる。

「あ……おお！　だな！　交換しよう！」

俺は妙に意気込んでしまって恥ずかしい思いをしたが……ともあれこの時、俺と犬浦の距離感は、またきっと少しだけ縮まった。

俺は、犬浦のダイエットのパーソナルトレーナーになった。

❤

わたしは——犬浦藍那《あいな》は、須田のことが好きだ。

きっかけは、中学三年生の夏、高校受験の勉強だった。

特に志望校とかはなかったけど、みんなが受験勉強を始めたから、わたしもやらなきゃって思わされた。

その時に、これまでろくに勉強してこなかったツケが回ってきた。

試験の過去問がまったく解けない。

あ、やばい、基礎からやり直そうって、各教科のわからないところを遡《さかのぼ》っていったら、中一どころか小五まで遡れてしまった。

小五といえばわたしがオシャレに目覚めた頃だから、ギャル力を磨くために学力を捨ててきたんだなーと妙に納得した。

そして途方に暮れた。

もちろん自業自得だってわかってたけど、ちょっと泣きたくなった。

というか実際泣きながら、小学生用のドリルとかをやってた。

さすがにそんなの恥ずかしくて、友達にも親にも言えなかったから、放課後、こっそり、図書室で——。

「——犬浦、大丈夫か？」

そんな時に、声をかけてくれたのが須田《すだ》だった。

中学二年生のときに、一回だけクラスが一緒になったことがある、顔見知り程度の男の子。

学級委員長で、まだその頃は筋肉ムキムキでもない、優等生メガネくん。

気難しそうで、無愛想で、あんまり笑わなくて、ノリも趣味も合わなそうで、話したこともそんなになかったのに……その時須田は、泣いてるわたしに声をかけてくれた。

そして、わたしの小学生用のドリルを笑うこともなく、勉強を教えてくれるようになった。

大変だったけど、なんとかわたしの学力は中学生レベルになって、塾にも通えるようになった。

それで須田から勉強を教わることもなくなった。

三年生の時はクラスがちがったから、それでまた接点がなくなってしまったけれど、その分、須田の姿を目で追うことが増えた。

そしてわたしは、須田を好きになっていることに気がついた。

須田への気持ちを自覚してからは、さらに超がんばって勉強した。

須田がトレーニングルーム目当てで志望校のレベルを下げたおかげで、わたしもなんとかギリギリ同じ高校に滑り込めた。

けど、さすがに同じクラスにはなれなかったし、須田のことを意識しまくっちゃって、勉強を教わってた時みたいに普通に話すこともできない。会っても挨拶《あいさつ》すらまともにできない。

せっかく同じ学校に来れたのに、そんな状態のまま、時間だけが過ぎていく。

それでヤキモキしていたときに舞い込んできたのが、モデルの依頼だった。

依頼が来た時はすごく嬉しかった反面、プレッシャーも大きかった。でもせっかくだし、思い切って引き受けてみることにした。

ただ問題は体重だ。体型だ。

アンスタのフォロワー数が増えるにつれて、どんどんアンスタをするのが楽しくてなってた分、スイーツやお菓子を開拓することも多くなって、お腹《なか》周りに浮き輪ができ始めた。

さすがにこんなんじゃモデルは無理。

ダイエットをして痩せなきゃダメだ。

ダイエットといえば運動か。筋トレか。腹筋とかランニングとかすればいいのかな——そんなことを考えて、それなら学校にそういう施設があるじゃんって、わたしはトレーニングルームに行ってみることにした。

トレーニングルームはたしか須田も通ってるはずだし、もしかしたら何かのきっかけになるかも……そんな期待もちょっと持ちながら。

で、結果は散々。

マシンの安全装置をセットし忘れて、須田に恥ずかしいところを見られたし、見当外れなダイエットをしてるって、よりにもよって須田《すだ》に指摘されちゃった。
そんな自分のダメさ加減に、つい泣いてしまった。
泣いてしまう自分もまた情けなかった。
けど、そんなわたしに、須田はまた優しく声をかけてくれた。
ダイエットのためのパーソナルトレーナー役を——先生役を引き受けてくれた。
中学の時と一緒。泣きながら小学生用のドリルをやっていた時もそうだった。
須田は、ダメダメなわたしのことを助けてくれる。
わたしのダメさを笑わないで、ただただ真っすぐにわたしのことを応援してくれる。
中学生の時とは見違えてムキムキにはなったけど、須田はあの頃と何も変わってない。
やっぱりわたしは、そんな須田のことが大好きだ。
だから、

「——よし、それじゃあ犬浦《いぬうら》、ひと月半で五キロの減量目指して頑張ろうな」
「うん、超がんばるっ、がんばれる！」

須田がついていてくれるなら、わたしはなんだってがんばれる。

ep.1　須田と犬浦　了

ep.2 『これ好き！』

A pure-hearted gal and a clumsy macho are impatiently in love.

中学二年生で同じクラスになる前から、俺は犬浦のことを知っていた。

なにせ中学の入学式のときから犬浦はギャルで、一人異彩を放っていたからだ。

アンスタで活動している噂《うわさ》も聞いて、興味本位で覗《のぞ》いてみたりもしていた。

だから一方的に知っていたし、直接会話を交わしてみる前から、俺は……犬浦が苦手だった。

派手な容姿からもアンスタの投稿からも溢《あふ》れ出る、パリピ感に陽キャ感。俺にはそれがどうにも受け入れ難かった。

……いやまぁ、今でも犬浦には別世界の住人感を抱いてはいるのだが、まだマッチョでもなんでもない、地味で冴《さ》えない根暗なメガネだった当時の俺には、特にだった。

そして実際、中二で同じクラスになってみても、その印象は変わらなかった。むしろ強まった。

犬浦はクラスでも中心的な存在で、いつも友達に囲まれて楽しげだった。

行事のときなんかも、上手《うま》くクラスをまとめていた。

「なんか真面目《まじめ》そう」「責任感ありそう」という理由だけで学級委員長をやらされていた俺なんかよりも、よっぽど上手くだ。

正直、俺にとって犬浦《いぬうら》は、鼻持ちならない存在だった。

おまけに、怖い存在でもあった。

あれはたしか、休み時間の教室移動のときだ。犬浦含むクラスのみんなで、ぞろぞろと階段を上がっていたところ、踊り場に男の先輩たちがたむろしていた。

――カシャッ。

その先輩の一人が、こっそり犬浦をスマホで撮ったのだ。

その先輩は、街なかで見かけた有名人にカメラを向けるような、軽い気持ちというか遊び半分だったのだろう。仲間たちとへらへらしていた。

それが次の瞬間、凍りつくことになる。

犬浦はその先輩のスマホをガッと鷲摑《わしづか》みにし、ドスを利かせて唸《うな》った。

「勝手に撮んな。今の消せ。スマホ割るぞ」

冷徹な怒りの込もったあの眼差《まなざ》しは、第三者の俺ですら震え上がった。

極めつきは、いつだったかの給食の時間。

犬浦と同じ島になって、そこで最近ハマってるものの話題になった時、

「須田《すだ》はさー、好きなものとかないの？」

不意に犬浦は、俺にも話を振ってきた。

俺は少しまごつきながら答えた。

「……ない」

「えー、つまんないの」

「……そうだな……」

小さく相槌《あいづち》を打ちながらも、俺は内心で腹を立てていた。

うそだった。本当は好きなものはあった。猛烈に憧れているものが、その時にはすでにあった。

ただ人前でそれを明かしたくなかっただけだ。

なのにつまらないと言われてしまい、いよいよ俺は犬浦を敬遠した。

それが変わったのが、中三の夏だ。


「――ぐすっ」

放課後、司書の先生も席を外していて、閑散としていて、自分以外には誰もいないと思っていた図書室――その奥から、弱々しく洟《はな》をすする音が聞こえてくる。

俺はその時、栄養学や運動生理学の本を物色していたのだが、気になってそちらを覗《のぞ》いた。

すると、一番奥の自習机で、犬浦が泣いていた。

その光景に、俺は固まった。

中学三年生の当時、犬浦とは別のクラスで、もう関わりはない。それにそもそもが敬遠していた相手だ。

なのに。

けれど。

いつも明るく元気に笑っている犬浦《いぬうら》が、儚《はかな》げだった。

いつも友達に囲まれている犬浦が、その時は一人ぼっちだった。

男の先輩に凄《すご》んでいたのがウソのように、今にも崩れそうなほど弱々しかった。

勝ち気な猫目からこぼれ落ちる犬浦の涙は、あまりにも不憫《ふびん》だった。

「――犬浦、大丈夫か？」

気づけば俺は、犬浦に声をかけていた。

「え、あ……須田《すだ》……」

「おお」

返事のような挨拶《あいさつ》のような相槌《あいづち》を打ち、犬浦の手元を見る。

机に広げられていたのは、小学生用の算数ドリルだった。

「あ、こ、これは、その……！」

俺の視線に気づき、犬浦は慌てて算数ドリルを隠そうとする。

が、もはや手遅れと察したらしい。

犬浦は悪あがきをやめ、肩も声も震わせながらつぶやいた。

「……マジやばい、わたし、高校、行けないかも……」

「え……」

「小五の問題もわかんないぃ～、わたしバカすぎるぅ～、うえええええん」

「!?」

よほど追い詰められていたのだろう。犬浦は声を上げてわんわん泣き出した。

自分が泣かせたわけでもないのに、どうして女の子の涙というのは、ああも男を焦らせるのか。

そのあとはもう、勢いと流れだった。

「だ、大丈夫だ、犬浦！　就職だって立派な進路だ！」

「かもだけど～！　わたし高校行きたいからぁ～！　JKやりたいからぁ～！」

「お、そ、そうか！　うん！　わかった！　じゃあ俺が教える！　だから泣きやもう！　な!?　どこがわからない!?」

「ぐすっ……え……？」

「大丈夫だ。ちゃんと教える。だから落ち着こう」

「……小学生の算数だよ……？　引かない……？　こんなの教えるとか……」

「引かない。そこまで遡《さかのぼ》って勉強しようとしただけでも立派だ」

「……いや、でも、もう間に合わなくない……？　今からじゃ……」

「そうでもない。今が七月で、受験が来年二月。丸半年は期間がある。かなりの駆け足にはなるが、ひと月にひと学年分の履修範囲をこなせば年明けには中三に追いつける計算だ」

「…………」

「しかも小五小六の履修範囲なんて、おそらくはひと月もかからずおさらいできる。と考えると、中学三年間の履修範囲は残る五か月間でじっくり取り組めばいいわけだ。たしかに偏差値の高い学校は厳しいかもしれないが……下の上から中の中ランクの高校なら十分狙える」

俺が口早に諭すと、「ほえー」と犬浦《いぬうら》は感嘆する。涙も引いて、落ち着きを取り戻す。

「……なんか須田《すだ》、すごいね？　一瞬で計画立てちゃってるじゃん」

「根拠もなく励まされても不安だろう？　けど、具体的なプランを示されると、いけそうな気がしてこないか？」

「うん……なんかわかんないけどいけそうな気がしてきた」

「〝気がしてきた〟ならもう大丈夫。いける。がんばろう」

「う、うん！」

俺は犬浦のことが苦手だ。

けれどこうも素直だと、俺も素直に応援できた。

俺は別の自習机から椅子《いす》を拝借してきて、犬浦の隣に腰を据《す》えた。

少々手狭で、少し身体《からだ》を傾けるだけで肩が触れ合いそうだ。シャンプーかなにかのいい匂いまで漂ってくる。

「──あ、ねえ須田」

「ん？」

「ありがと」

「おお」

ほとんど耳元で囁《ささや》かれ、なんとも言えないむず痒《がゆ》さを覚えながら、俺は算数の解説に取りかかった。

そうして、俺たちの勉強会が始まった。


「──よし、今日はここまでだ。これでたぶんこのページまでは解けるはずだから、家でやってみるといい。それでわからないところがあったらまた明日解説する」

「……え？　明日も教えてくれるの？」

「ん？　……あ、すまん。変なスイッチ入ってた。お節介だったな」

「ううん！　全然全然！　むしろ超ありがたいっていうか！　教えてくれるなら教えてほしい！　……ただ、いいのかなって。須田だって受験勉強あるだろうし……」

「あー……まぁ、俺はあまり高いところを狙うつもりないから、多少余裕はあるんだ」

「そうなんだ……。じゃあ、お願いしてもい？」

「もちろん」

その後のなりゆきで、犬浦《いぬうら》との勉強会が放課後のルーティンになった。


「――宿題やってきたか？」

「うん！　難しかったから時間かかったー。今日の授業中もやってたよー」

「いや、授業は授業でちゃんと聞こうな……」

「へーきへーき！　どうせ中三の授業なんてついていけてないからさ！」

「……なるほど、たしかにその割り切り方は正しい気がする」

「ドヤァ」

「いや、威張ることではない」


先生に許可を取り、場所を図書室から空き教室に移して、黒板を贅沢《ぜいたく》に使ってのマンツーマンの指導にあたった。


「やば、わたし英語得意かも」

「うん。ぽいなぁ」

「国語もまぁまぁいけるしね？」

「だなぁ」

「アイアム、バイリンギャル！」

「…………………ぶふっ」

「!? 笑った!? あのポーカーフェイスの須田《すだ》が!? え、今ので!?」

「不覚……」

「あははは！ 笑いのツボあっさ！ ウケんだけど。メモっとこ。『須田の、弱点は、ダジャレ』っと。～～～っ！ あはははは！ やば、マジむりツボ、しんどい。ひー」

「無念……」


俺にとって犬浦は苦手な存在だった。それが、いつの間にか打ち解けていた。

そしてある日の放課後を境に、俺の中の犬浦像は、明確に一変した。

いつもの空き教室へ行くと、犬浦が先に来ていた。

教壇の前にひと組だけ置かれた机と椅子《いす》、もはや定位置となったその席に座り、犬浦はスマホをいじっていた。

ちなみに、中学校はスマホの持ち込み禁止だ。

「俺じゃなくて先生だったら没収されてたぞ」

「へーきへーき！　足音で先生じゃないってわかってたから」

「耳いいな。犬みたいだ……」

呆《あき》れるやら感心しながら俺は教壇に立つ。

犬浦《いぬうら》は「ごめんちょい待って、すぐ終わる」と言いながらも、ワクワクしてるような顔でスワイプしたりフリックしたりしている。

「アンスタか？」

「そー！　超楽しい」

「……そんなもんか」

正直なところ、俺には今ひとつアンスタの面白さがわからない。

すると、俺の内心を察したか、犬浦はスマホから顔を上げて言う。

「アンスタってさ、色んな人の『これ好き！』が詰まってるんだよね」

犬浦の瞳は真っすぐで、キラキラと瞬いている。

「で、わたしはそういうのを見るのが好きだし、自分の『これ好き！』を人に見てもらうのも大好き。それで、いいねいいねって、あなたの好きなものサイコーだねって、みんなで褒め合うの。そういうのがさ、すっごいハッピーでさ、楽しいんだよね」

「…………」

その語り口は熱っぽく、雄弁。

いかに犬浦がアンスタを好きかが伝わってきて、気圧《けお》されて、俺は言葉を返せなかった。

「須田《すだ》はあんまないいんだっけ。『これ好き！』ってもの」

「え？」

「中二の時、なんかそんな話ちょっとした気がする」

覚えてたのか、あの時のこと……まずそれに驚かされた。

加えて、あの時と同じように『明かしたくない』という気持ちが俺の口を重くした。

「……まぁ、その、ないこともないんだが……」

「あ、秘密にしときたいタイプ？　なら無理に聞かないからいいよー。そういう人もいるよね」

俺が言葉を濁すと、犬浦はあっさり引いてくれる。

それが少し意外だったが、理由はすぐにわかった。

犬浦の表情が、ふっと翳《かげ》る。

「それに、自分の『これ好き！』を周りに言うの、いいことだらけってわけでもないし」

「……どういうことだ？」

「んー……わたしはさ、お姉ちゃんの影響で小五からギャルに目覚めちゃったんだけどさ、小学生だから超浮くじゃん？　ぶっちゃけ軽くハブられてたからね。陰口とかも結構言われたり」

初めて知る事実に、俺は驚きを隠せなかった。

男女ともに絶大な人気を集めている犬浦《いぬうら》が、小学校時代にはハブられていた？

しかも犬浦の象徴たる〝ギャル〟という特性が原因で？

しかし、辛《つら》い過去を語るその口ぶりには、ほろ苦さだけではなく、鋭さがあった。

「でも、中学入るとみんな化粧とかオシャレとか興味持ち出すじゃん？　そしたらさ、急にわたし、『わかってる人』みたいな扱いになったんだ。要は、わたしはちょっと早すぎただけなんだよね。時代があとからわたしに追いついてきた的な？　ふふん」

このときの犬浦の得意げな笑みを、俺はきっと忘れない。

素直にカッコいいと思った。得意げになるだけの資格があると思った。

逆境をくぐり抜けた者だけが持つ自信のきらめきは、俺の目と心を引きつけてやまない。

だからこそ俺は、教えを請うように尋ねていた。

「……やめようとは思わなかったのか？　ギャルを」

俺が犬浦の立場だったら、きっと挫《くじ》けていた。

けれど犬浦は、虚勢を張るでもなく、ごくごく自然にこう言った。

「どうだったかなー……思ったこともあったかもしれないけど、でも続けたよね。だって、わたしはわたしの『これ好き！』のほうがずっと大事だもん。悲しかったり、辛かったりもしたけど……まぁ、『ギャルナメんな？』みたいな。あはは」

あっけらかんと笑う犬浦に、俺は完全に打ちのめされた。

なんてすごい女の子だろうと、心の底から感服したし、同時に気づきもした。

俺が犬浦のことを苦手だったのは、きっと、陽キャだからでもパリピだからでもない。

犬浦の、己を偽らない強さが妬《ねた》ましかっただけだ。

それは俺にはないものだったから、引け目を感じていただけだ。

そう自覚した途端、なかば懺悔《ざんげ》のような気持ちで、俺は胸の内を吐露していた。

「すごいな、犬浦は……」

「えー？　別にふつーだよ」

「いや、すごい。実は俺も、好きというか、憧れてる人がいて、その人みたいになりたいと思っていて……けれど、その、友達にも言えずにいたりするから……」

「へー！　なんて人？」

犬浦は身を乗り出して、興味津々《しんしん》といった目を向けてくる。

俺はごくりと喉を鳴らし、思い切って答えた。

「……サ、サイクロン鰹木《かつおぎ》」

「名前ウケる。調べてもいい？」

「ん……その人もアンスタを開設してるから、出てくると思う……」

「おけー。サ、イ、コ、ロ、……」

「サイクロン」

犬浦《いぬうら》は早速スマホで調べ始める。

それから検索結果が出るまでの数秒間は、今までの人生で最も長い数秒間だった。

そして、

「――え？　え？　えええええ!?　すっご！　何この人、ムッキムキじゃん！　やばー！　え、てか人間？　加工で盛ってるとかじゃなくて？」

犬浦は、珍獣でも発見したかのような声を上げた。

サイクロン鰹木《かつおぎ》――若くしてフィットネス界で頭角を現した、気鋭のボディビルダーだ。

隆々とした肉体とは裏腹に顔立ちはスマートで、爽やかな笑顔は女性ウケも抜群。

『汗臭い』『脳筋』『イロモノ』といった前時代的なマッチョのイメージとは一線を画す。

初心者にもわかりやすいトレーニングの解説動画や、スポーティーなファッションセンスも好評を博し、アンスタのフォロワー数は一〇〇万人を超える。

俺は、そんなサイクロン鰹木の肉体美に一目惚《ひとめぼ》れし、自分もこうなりたいと思ってしまった。中二の春のことだった。以来、俺はボディメイクを始めた。

だが、誰にもそのことは言えずにいた。

笑われるのが怖かったからだ。

地味で、ヒョロくて、メガネで、運動だってまったく得意じゃない自分が、こんなマッチョに憧れていて、あまつさえ目指してるだなんて、人に知られたら絶対笑われると思った。

けれど、

「うわー、でもこうなるには超がんばらないとだ。がんばってね」

犬浦は笑わなかった。

当たり前のように受け止めて、当たり前のように応援してくれた。

「……おかしくないか？」

「？　なにが？　なんで？」

「俺みたいなのが……こんなマッチョに憧れてるなんて……」

「……はぁぁぁぁああ!?　全っ然おかしくないでしょ！」

あまつさえ、俺の問いかけを心外とばかりに憤慨してくれた。

「ていうかむしろ、遠いから近づきたいんでしょ？　そういうの、超わかるよ。わたしだって色んなモデルさん見て憧れてるもん。一緒じゃん」

あとあと振り返ってみれば、この時のこのやりとりこそが契機だった。

犬浦にそう言ってもらえたことが嬉しくて、俺はボディメイクへの迷いがなくなった。

以来、見違えて俺の身体《からだ》は成長していった。

そして、何より――、

「須田《すだ》の『これ好き！』、いいじゃん。超いいよ。サイコー」

「…………っ」

ビシッと立てた、華奢《きやしや》な親指。

明るくて、優しくて、力強い……そんな屈託のない笑顔。

それを目《ま》の当たりにした瞬間、犬浦《いぬうら》が言うところの『これ好き！』が、俺の中に湧《わ》き上がった。

そして、その感情を『恋』と呼ぶのだと、俺はほどなくして理解した。

ep.2 『これ好き！』 了

ep.3 ギャル力53万、恋愛力5

駅から学校にかけての通学路には、本校の生徒たちがまばらな列をなす。

ねぼけ眼をこすり、気だるげな足取りでいる生徒も多い。

そんな彼ら彼女らを、俺は、颯爽《さっそう》とした歩みで追い抜いていく。

これも筋トレの効用だ。脚力が上がったというだけの話ではない。朝の寝覚めがすこぶるよく、身体《からだ》が軽いのだ。

筋トレは筋力の向上だけでなく、質の高い睡眠をも促す。ゆえに俺は朝にめっぽう強い。

……しかしそれにしても、今朝はいつにもまして歩行速度が速い気がする。

きびきびを通り越し、もはやせかせかといった調子だ。

その理由は明白。犬浦《いぬうら》だ。

昨日俺は、犬浦のダイエットのパーソナルトレーナー役を引き受けることになった。

犬浦のモデル案件の成否が懸かっているし、責任は重大。プレッシャーがのしかかる。

一方で、昨日の犬浦の様子だと、俺は自分で思っているほど犬浦から嫌われてはいないんじゃないか、あわよくばこの機会にまた犬浦と仲良くなれるのではないか——ついつい、そんな期待もしてしまっていた。

そんな二つの感情に揺れて、気持ちが落ち着かないまま、俺は校門をくぐっていった。

そして昇降口で上履きに履き替えて、階段を上がろうとしたところで立ち止まる。

「…………」

目の前に犬浦がいた。階段の前で、ばったり鉢合わせになったのだ。

不意のことだったので一瞬お見合い状態になってしまったが、俺はなんとか挨拶《あいさつ》を絞り出す。

「おぉ、犬浦、おはよう」

「あ、うん、おはよ」

ちょろっとだけ手を上げて、犬浦も挨拶をよこす。

どことなくその声音は硬く、ふっと、犬浦は俺から目を逸《そ》らした。

「……えと、昨日送ったライン、あんな感じで大丈夫だった？」

犬浦が言うラインとは、食生活についての事前アンケートだ。

犬浦の直近一週間の食事メニューや、普段よく食べるもの、食べ物の好き嫌いやアレルギーの有無などを質問したものである。

犬浦に最適なダイエットプログラムを組むために、昨日のうちに送ってもらっていたのだ。

「ああ。参考になった。おかげでダイエットの方針は決められたから、放課後説明する」

「うん、放課後ね。――じゃ、また」

「あ、ああ」

事務連絡的な立ち話も早々に、犬浦《いぬうら》はさっさと階段を上っていってしまう。

俺と犬浦はクラスこそ違えど、教室は同じ階にある。だから一緒に上がっていってもよかったはずだ。

けれど、「じゃ、また」という犬浦の一言が、俺をその場に踏みとどまらせた。

呆気《あっけ》にとられるほどの犬浦の素っ気なさに、俺は戸惑った。

昨日見た犬浦の笑顔は、俺の見間違いだったのだろうか。


昼休みになり、今日も今日とて俺はトレーニングルームに向かう。

体育館へ続く渡り廊下を歩いていると、中庭の方から笑い声が聞こえてきた。

見れば男女のグループが輪になって、弁当やらパンやらを広げている。

しかもその男女グループのメンツは、全体的に垢抜《あかぬ》けている。キラキラ感というか青春を謳《おう》歌《か》してる感というか、そういうまばゆさを傍目《はため》に覚える。

そしてそんな顔ぶれの中に、犬浦もいた。

犬浦は女友達とじゃれ合って、ケラケラと声を上げて笑っていた。

また男友達から話しかけられているのにも、人懐こい笑顔で応対していた。

とても気さくで明るくて、誰とでも親しげなギャル——それこそが犬浦藍那《あいな》だ。

「…………」

だからこそ、心がかき乱されて、俺はトレーニングルームへ急いだ。

「――……ふんっ。……ふんっ！　……ふ――んっ！　ふんぬぅぅぅ！」

ラットプルダウンで広背筋《こうはいきん》を攻めながらも、頭では犬浦のことを考えてしまっていた。

あくまで俺の知る限りではあるが、犬浦は俺と俺以外とで、態度が違う。

中学三年生の夏、犬浦に勉強を教えていた時には、俺も犬浦から笑顔を向けられていた。

勉強を教えながらも交わした雑談で、俺たちはちゃんと笑い合っていた。

そのはずなのに……。

思い返してみれば、犬浦が塾に通い始めて、俺もお役御免となったあとくらいからだろうか。

犬浦が、露骨に俺を避けるようになったのは。

俺には笑顔を向けないどころか、校内ですれ違っても挨拶《あいさつ》すらまともによこさなくなった。

犬浦は警戒した野良猫のように、どこか構えるようになってしまった。

昨日は一瞬だけ、心を開いてくれたかのように見えたが……今朝会ってみれば元通りだ。

「……ふ――――……」

ラットプルダウンの一セット目が終わったので、インターバルを取る。

深呼吸し、気持ちを落ち着かせ、現実を受け止める。

あの様子だと、やはり俺は犬浦から苦手に思われているか、嫌われてしまっているらしい。

犬浦《いぬうら》が俺をパーソナルトレーナー役として受け入れてくれたのも、モデル案件の成否が懸かっているためだろう。やむにやまれずのことだろう。

「犬浦との距離を縮められるチャンスかも……」なんて期待していた部分もあったわけだが、そんな甘い考えは捨てるべきだ。

パーソナルトレーナーとして、犬浦のダイエットを成功させることだけに集中しよう。

……よし、マインドセット完了。

冷静さを取り戻して、俺はラットプルダウンの二セット目に入った。

予定していたメニューをこなして、トレーニングルームを後にする。

すると渡り廊下を少し歩いたところで、また犬浦の姿を見かけた。

図書館棟に沿ってポツポツと設置されているベンチ、そこに一人で座っていたのだ。どうやら昼食を食べているらしい。

俺ははてと首をひねる。犬浦はさっきまで、友達らと中庭にいたはずだが……。

それと気になったのは、犬浦が食べているもの。

コンビニで売っているような、プラ容器に入ったサラダ——犬浦はそれを、一口一口大事そうに、ちょびちょびちょびちょびちょび食べていた。

その食事風景を見た瞬間、嫌な予感がして、俺は声をかけに行った。

「――犬浦……？」

「え？　あっ、須田《すだ》!?　え、なになに!?　なんで!?」

さっきまで落ち着いて食べていたのに、俺の顔を見た途端にこの取り乱しっぷりである。

……いちいちこんなことで凹《へこ》むな、俺。マインドセットしたばかりだろ？

「いや、こんなところで一人でサラダを食べてるから、気になって」

俺が言うと、犬浦はやや落ち着きを取り戻して頷《うなず》く。

「あぁ、これね、うん。……あ、べつにハブられてるとかじゃないよ!?」

「そういう心配は別にしていない」

中庭で楽しそうにしてるの見てたし。

ただ、だからこそ今一人でいる理由が気になるのだが……。

犬浦は口をすぼませ、ぽしょぽしょと言う。

「や、ほら、ダイエットには食事制限が一番だって、須田が言ってたじゃん？」

「ああ」

「で、ダイエットは今日の放課後から〜って話だったけど、一足先に始めちゃおうかなって」

そう言って、犬浦は小さくはにかんだ。こっそりいいことをしていたのを、人に見られてしまったかのように。

　しかし俺からしてみれば、それは嫌な予感を補強するものでしかない。

「……始めるというのは、何を……？」

「だから、食事制限。実は昨日の晩ごはんも量減らしてさ、今朝は完全に抜いて、昼はこのサラダだけにしてみた。最初は友達と食べてたんだけど、みんながちゃんとしたお弁当とか食べてるの見てたら辛《つら》くなっちゃって、それで一人で食べてるの。お腹空《なかす》いちゃって大変だけど……これでダイエットのスタートダッシュ切れたよね！」

　嫌な予感が的中し、俺は眉間《みけん》を押さえた。

　得意げでいるところ大変心苦しいが、俺は犬浦《いぬうら》に告げた。

「……犬浦？」

「なに？」

「犬浦は何も悪くない……ただ、知る機会に恵まれなかっただけだ……」

「え、え、待って、なに、こわい」

　ダイエットでもっとも重要なのは筋トレではなく食事制限だと、たしかに俺は言った。

　ただ、犬浦は大きな勘違いをしている。

「いいか犬浦、食事制限というのはな、〝食べない〟ということじゃない……。食べる物の種類と量のコントロールのことだ」

「え……」

「結論から言おう……。痩せるためにはしっかり食べなきゃダメだ。食べないと、逆に太る」

「ええええ!?　意味わかんない！　なんで!?」

衝撃の真実に驚き、ベンチから腰を浮かせる犬浦。

と、

「！」

犬浦の身体《からだ》が、急にぐらりとよろめいた。

足下がおぼつかず、手に持っていたサラダも危うく落としそうになる。

咄嗟《とっさ》に俺は、犬浦の肩を抱きとめた。

「!?　どうした！」

犬浦の足に力が入っていないので、ゆっくりその場にしゃがませる。

軽い。俺からするとダイエットなんて必要か疑問に思うほどに、犬浦の身体は華奢《きゃしゃ》だった。

そして何より、指が沈み込むような筋肉の柔らかさに驚かされた。

シャンプーか香水かはわからないが、甘い匂いに鼻もくすぐられ——って、アホか俺は。そんなこと考えてる場合か。そもそもこんなに密着したら犬浦にキモがられるだろ！　離れろ！

俺はすぐさま犬浦から手を放し、大きく一歩分、距離を取る。

「あれ？　なんか、ちょっとくらっとして……」

幸か不幸か、犬浦《いぬうら》は俺との接触を気にしている様子はない。

その点にほっとしつつ、俺は思考を切り替える。

「立ちくらみか。栄養不足で低血圧か貧血になりかけているのかもしれないな……。食べないと太るだけでなく、単純に体調不良を招く」

言いながら、持っていた手提げ袋をまさぐる。筋トレ時に必要なタオルやプロテインなどを入れて持ち歩いているものだ。

「とりあえずこれでも食べてくれ」

手提げ袋から細長い包装を取り出し、俺は犬浦に差し出した。

犬浦は一旦《いったん》サラダをベンチに置いて、それを受け取る。

「……お菓子？　食べて大丈夫なの？　これからダイエットするのに」

犬浦はパッケージを見ていぶかしむ。

パッと見はチョコ菓子かなにかと思うだろう。しかし違う。

「大丈夫だ。それはお菓子じゃなくてプロテインバーだ。主にタンパク質の摂取を目的に食べるものだが、ダイエット中の栄養補給にもいい。安心して食べてくれ」

「……じゃ、じゃあ……」

今ひとつピンときていないようだが、俺に促されて犬浦はプロテインバーにかぶりつく。

シリアルやドライフルーツをチョコでコーティングしたものなので、ザクザクという咀嚼《そしゃく》音が漏れる。

ややすると、具合悪そうに項垂《うなだ》れていた犬浦の頭が、ムクムクと上がってくる。

そしてリスのようにほっぺたを膨らませながら、犬浦はほふぅとため息をついた。

「涙出るくらいおいひぃ……」

「そんなにか……」

「しみる……」

しみじみ言いながらモグモグ食べ続ける犬浦。

まぁ、栄養食とはいえお菓子にも引けを取らない美味《うま》さだからな、染みもするか。

なんだか空腹の猫にエサをやっているようで、妙なほっこり感というか安心感を覚え、無性に犬浦のことが可愛く見えるやら愛《いと》おしいやら――って、だからいかんいかん！　邪念は捨てろ！

俺は緩みかけた頬《ほお》を、慌てて引き締める。

俺はパーソナルトレーナー役に過ぎなくて、犬浦から敬遠されてるんだからな!?

そう自分自身を戒めたところで、昼休み終了の予鈴が鳴る。

俺はさらにもう一本、手提げ袋からプロテインバーを取り出した。

「と、とりあえずもう一本渡しておく。これは今食べずに、五限終わりにでも摂取してくれ。今食べると血糖値が急に上がってしまうかもしれないからな」

「え、あ、うん、ありがと……」

「正しい食事制限のやり方は、放課後に解説する。それじゃ」

犬浦《いぬうら》の立ちくらみももう平気そうだし、俺は口早に説明して、そそくさとその場を後にした。

パーソナルトレーナーとして、今俺がなすべきことはした。

なら一刻も早く犬浦の前から消えよう。

犬浦のことをサポートしつつ、干渉は必要最低限に留めること——それが、犬浦のためだろうから。

♥

午後の授業の一発目、五限の化学のラスト五分は、時計とのにらめっこだった。

わたしはそわそわしながらチャイムを待って、授業が終わってすぐ、机の中に手を突っ込む。

そして取り出したのは、須田《すだ》からもらったプロテインバー……。

わたしは厳かな気持ちで包装を破り、丁寧《ていねい》に口へ運ぶ。

歯応えある食感が小気味良い。嚙《か》めば嚙むほど甘みと香ばしさが口いっぱいに広がる。

ダイエットっていったらサラダとか寒天とか味気ないものしか食べられないと思ってたけど、これがダイエットにいい栄養食だなんて嘘《うそ》みたいだ。

それだけでも嬉しいのに、しかもこのプロテインバーをくれたのが須田《すだ》だなんて……。

わたしは食事マナーのふりをして、にやける口元を手で隠した。

もう、ほんと、なんなのあいつ？　わたしが立ちくらみしたら落ち着いて栄養食出すとか、マジやばくない？　準備良すぎない？　ほぼレスキュー隊員じゃん。なんなのそれ、マジ無理、マジしんどい。はぁ～あ……やば……好き……。

「あれ～？　犬浦《いぬうら》、普通にお菓子食べてるじゃ～ん。ダイエットするんじゃなかったの～？」

わたしが幸せに浸っていると、後ろからゆるふわな声をかけられた。

振り返れば、おっとりした雰囲気のタレ目ギャル――白瀬《しらせ》が、ぽてぽてと寄ってくる。

「お菓子じゃないんだなー。これはプロテインバーっていうんだよ。美味《おい》しいのにダイエットにも超いいんだよ」

須田に教わったばっかりのマメ知識を早速披露して、ドヤるわたし。

そしたら白瀬に続いてもう一人、ワイルドな雰囲気のこんがり系ギャル――秋津《あきつ》もやってくる。

「へー。よくわかんないけど美味《うま》いん？　一口ちょうだいよ。味見」

秋津の一口ちょうだい攻撃が飛んできたので、わたしはさっとプロテインバーをかばう。

「むーりー。これはわたしが食べなきゃいけないやつなの」

だって、須田にそう言われたから……。

心のなかでそう付け足すと、思わずにやけて「んへへ」と笑い声まで漏れてしまった。

「おい……なんか変だぞこいつ……」

ちょっと引いてる秋津。

「いいことでもあったんじゃな～い？」

あんまり興味なさそうに髪を指でクルクルする白瀬。

「いいこと……あ、もしかして柳橋《やなはし》!?　なに、うまいこといってんの!?」

秋津がはっと思いついたように言う。

いい気分でいたのに、一瞬で台無しになった。

「……だからなんでその名前が出るの？　わたし、あの人に全然興味ないって」

柳橋くんというのは、秋津の同中《おなちゅう》で別の高校の男の子だ。前に一回だけ、わたしたち三人と柳橋くんのグループで一緒に遊んだことがあった。

……ただそれだけの関係なのに、なぜか秋津は妙な誤解をしていた。

「えー？　犬浦、めっちゃ楽しそうにしてたじゃん。あの感じ、絶対柳橋狙いだと思ったわ」

「いやべつに普通だったから！　ないから！　もうー」

「秋津ってさぁ～あ、ホントなんていうかさぁ～あ、バカだよねぇ～」

「うるせ、殴るぞ白瀬」

秋津も悪気があるわけじゃないんだろうけど、そういう誤解はマジでやめてほしい。

わたしには心に決めた人がいますから！

白瀬《しらせ》も呆《あき》れて毒を吐いたけど、不意にその矛先《ほこさき》が、わたしにも向けられた。

「まあでも犬浦《いぬうら》もさぁ～あ、誰にでも愛想いいからそんな風に誤解されちゃうよね～」

「え、や、だから普通だったってば」

「うん、わかるよ～？　犬浦は計算とかじゃなくて素でそうなんだろうけどさ～。でも、自分が周りにどう思われてるかもちゃんと自覚しとかないと、あとあとこじれるよ～？」

「…………」

声色はふわっとしてたけど、白瀬の言葉は妙に鋭くて、チクリとわたしの胸を刺す。

「いやマジそれ。あれで気がないとか男殺しにもほどがあんだろ。気がない男にはちゃんと冷たくしてやれよ。それが優しさだぞ」

「ええ……秋津《あきつ》の好き嫌いの露骨さ、見ててほんとひどいけど……。あれが優しさ……？」

「そうだよ。あたしは男に変な期待持たせないから超優しい。——てか逆にさ？　あれで狙ってないんだとしたら、犬浦は狙ってる男に対してどうなんの？」

「……どうって……」

わたしは言葉を詰まらせてしまう。

秋津だけじゃなくて、わたしの仲いい友達は大体そうなんだけど、「気になる男の子にはガンガンいくっしょ！」とか「それとなく近づいてって存在アピるよね～」とか、自分から積極的にいけちゃう子ばっかり。

で、わたしも男の子に物怖じしたことがなかったから、自分もそういうタイプだと思ってた。

けどちがった。

物怖じしないで自然体で接することができてたのは、まったく気がない相手だから。

本命の男の子が相手だと、全然話がちがってた。

めちゃくちゃ緊張するし、変なこと言ったりして嫌われたらどうしようとか、今メイク崩れてないかなとか、そんなことばっかり意識しちゃって、まともにしゃべれなくなるし、目も合わせられないし、笑顔でいられなくなる。

本当は大好きで、もっともっと話したいし、一緒にいたいし、近づきたいのに……そうやってわたしは、須田のこ、と、を避けていしまう。

「…………」

本気で須田《すだ》に恋をするまで、気づかなかった。

わたしは、ほかのギャル友達とちがって、死ぬほど奥手だった。

とはいえ、そんなこと恥ずかしくて二人には言えない。

須田への気持ちも、まだこの二人に話せてない。

「……べつに普通だよ、普通」

だからわたしは当たり障りのないことを言ってはぐらかした。

けど、

「さっきからフツーフツーばっかだな。つまんねえ」

「答えられないんでしょ～？　犬浦《いぬうら》、ちょっとオトメすぎるというか、ウブすぎるというか、そういうとこあるもんねぇ～。ギャル力は53万のくせに、恋愛力は5の超奥手ぇ～」

少なくとも白瀬《しらせ》には、わたしの恋愛経験のショボさを見抜かれてるっぽい。

たしかにわたしは53万人のフォロワーがいる強めギャルだけど、須田《すだ》とは五秒と目も合わせられない。何も言い返せなくてぐぬぬと下唇を噛《か》む。

「うんうん。犬浦は下ネタも嫌がるしな。ノリ悪《わり》ぃよ」

「純情ぶっちゃってなんかあざと～い。そういうのきら～い」

とはいえ二人とも、好き放題言い過ぎ！

「べ、べつに、普通だし！　わたしだってそういうオトナな部分、普通にあるし！」

「ほー、例えば？」

「例えば――！　…………っ」

言い返そうとして、わたしは慌てて言葉を飲み込んだ。

「ほーら、ないんじゃん」と、秋津《あきつ》にケラケラと笑われたけど、わたしはもうそっぽを向いて、プロテインバーを齧《かじ》った。

ないんじゃない。言えなかっただけだ。

須田に抱きとめられたときの感触……須田の腕の太さとか、力強さとかを思い出して、そこから変な妄想を膨らませてしまっていたなんて——そんなこと恥ずかしくて言えるはずなかった。


放課後、俺は自分のクラス——一年F組の教室に一人でいた。

これからここで犬浦のために、ダイエットの講義を行う予定だ。

しかし、よくよく考えるとどうなのだろう。

二人でいるところを誰かに見られて妙な噂《うわさ》が立ったりしたら、犬浦に迷惑をかけないだろうか。

いやいや、俺みたいなゴリマッチョと人気ギャルの犬浦が男女の関係だと思われるわけがなく、そんな心配をするのは逆に自惚《うぬぼ》れなのでは？

というかそもそも、犬浦は今、彼氏とかいるのか？　いたとしたら、この状況まずくないか？　大丈夫か？　いや、ダメなら向こうから断るよな!?

そんな、とりとめもない考えばかりが頭に浮かび、落ち着かない。

なので俺は机間の通路に立ち、両脇の机に手をついて足を浮かす。

そしてその姿勢で肘の曲げ伸ばしを行う自重の筋トレ——ディップスをして気を紛らわせた。

大胸筋の下部が熱くなる。いい感じだ……！　隆起せよ、我が上半身のエアーズロック！

そうこうしていると、ふいに教室の引き戸がカラカラと開く。

俺は機敏にディップスを中断し、何食わぬ顔で佇《たたず》まいと呼吸を整える。

直後、控えめに開かれた戸口から、ひょっこり犬浦《いぬうら》が顔を出した。

「や」

「おお」

互いに軽い挨拶《あいさつ》を交わす。

犬浦は教室内を一瞥《いちべつ》し、誰もいないことを確かめながら中に入ってきた。

その所作も表情も見るからに硬く、ぎこちない。

「その後、具合はどうだ？」

「あ、うん、平気。ありがとね」

「ならよかった。じゃあ早速、犬浦のダイエットプログラムの説明に入る。座ってくれ」

「うん、よろしく」

立ち話も早々に切り上げて、俺は教壇に立つ。犬浦もとっとと本題に入ってほしいことだろう。

犬浦は教壇の真ん前の席に座ると、肩にかけていたスクールバッグからノートとペンケースを取り出して広げた。

そしてピシッと背筋を伸ばし、すっかりお勉強モード。

俺もパーソナルトレーナーモードに気持ちを切り替えて、板書しながら講義を始めた。

「まずはダイエットの概要からな。――ダイエットには食事制限が一番重要だ。ただ昼休みにも言った通り、食事制限というのは闇雲に食事量を減らすことじゃない。摂取すべき栄養素はしっかり摂《と》り、体重増加に直結する栄養素は極力減らすような食事メニューを組むということだ。そしてこの、〝体重増加に直結する栄養素〟というのはたった二つ。脂質と炭水化物だ」

「なるほど……」

カリカリカリカリカリ……音を立てて、犬浦のシャーペンが紙面を滑る。

とても真剣に、緊張感すら漂わせ、犬浦は俺の話を聞いていた。

が、

「しかもこの脂質と炭水化物、両方の摂取量を減らす必要はない。どちらか一方だけでいい」

「…………」

「というわけで犬浦にはこれから、脂質の摂取量を減らす〝ローファットダイエット〟に取り組んでもらう」

「……ふへ」

「？」

板書していたら、気の抜けたような犬浦《いぬうら》の声が背中越しに聞こえた。

何かと思って振り返り、俺は息を呑《の》んだ。

なんと、犬浦が真っすぐ俺の方を見て、はにかんだような笑みを浮かべていたのだ。

「え、なんだ、どうした」

犬浦の変貌っぷりに、俺は戸惑う。

かたや犬浦は机の上で手を投げ出して、それをパタパタさせながら答える。

「いや、なんかこういうのさ、ほんとに中学の時みたいで楽しいねって。懐かしくない？」

「!? …………っ。おぉ、そ、そうか」

俺は心底驚いて、返事がしどろもどろになってしまう。

楽しい？　懐かしい？　この状況が？

どういうことかと混乱する俺をよそに、犬浦はさらに続ける。

「あの時もさ、空き教室の黒板使って、色々教えてくれたよね。須田《すだ》、マジ先生とか塾講とか向いてると思う。あ、その身体《からだ》なら体育の先生とかもありじゃん！」

ポンポンと投げかけられる、昔話と他愛もない話——その間も無邪気な笑みは途絶えない。

……待て、待て待て待て。……どういうことだ？

この教室に入ってきた時にはたしかに、犬浦は警戒心むき出しの野良猫のようだった。

いつも感じるような壁が、たしかにあった。

なのに、どうして今は、そんなに俺に笑顔を見せる?

楽しいだの懐かしいだのと言える?

「……将来のことはまだ全然考えられないな。今はとにかくデカくなりたい。筋トレしてるのも楽しいしな」

「そっかー！　でもそれ、中学の時から言ってたもんね！　須田の『これ好き！』も変わってないんだね。いいねー。わたしも全然変わってないよー。服とかコスメとかー、スイーツとかー、音楽とかドラマとか。将来のことも大事だけど、今もマジ大事」

「……だな。で、話を戻すと、犬浦にはローファットダイエットに取り組んでもらうわけだが、具体的には食材と調理法にさえ気をつけてもらえばいい。例えば――」

俺は脱線した話を軌道修正。ダイエットの講義を再開する。

犬浦が俺に求めているのは、パーソナルトレーナーとしての働きであるはずだからだ。

俺との雑談など望んでいないはずだからだ。

なのに――、

「――というわけで、この辺りの脂質を多く含む食材を避けつつ、油を使わない煮物や蒸し料理中心の食生活にすれば、食べる量を減らす必要もなくダイエットができるというわけだ」

「須田もダイエットしてるの？」

「え？　……あ、ああ。そうだな。増量期でつけた余計な脂肪を落とすときによくやる」

「おー、なんか本格的。えーっと、サイクロン鰹木《かつおぎ》さんだっけ？　須田《すだ》の憧れの人。どう？　あの人には近づけてる？」

「………………っ」

犬浦《いぬうら》はなお楽しげに雑談を広げ、尋ねてくる。

しかもその口から、俺の目標であるサイクロン鰹木の名前が出たことにも驚いた。

覚えててくれたのかと。

それが嬉しかった。

けれど、だからこそ混乱した。

どうして覚えてるのだろうと。どうして興味津々《しんしん》といった様子なのだろうと。

俺にはもう、犬浦がわからなくなった。

……いけない。この状況はダメだ。

この違和感を、矛盾を抱えたままでは、とてもじゃないがパーソナルトレーナー役に集中できない。

なので、

「……犬浦？　質問していいか？」

「うん、なになに？」

「正直、俺のことどう思ってる？」

思い切って聞いてみることにした。

すると、

「!?」

目に見えて、犬浦は動揺し始めた。

　須田のクラスに足を踏み入れた時、わたしは緊張してた。

　須田がまた中学の時みたいに、わたしにマンツーマンで色々教えてくれるなんて、頼もしいし、ありがたい。それに何より嬉しいし、進展あるかもって期待もする。

　けど、いざ須田と二人っきりになってみると、やっぱり緊張のほうが断然大きい。

　それに真面目《まじめ》にやらなきゃ須田にも失礼だよねって考えたら、余計に肩に力が入った。

　ただ、須田が講義を始めて、わたしがそれをノートに取って……ってことをやってるうちに、懐かしさがこみ上げてきた。

　須田にも言ったけど、中学三年の夏、受験勉強を教えてもらってた時に戻ったみたいで、嬉しくて、楽しくなってきた。

だからだと思う。

いつの間にか緊張は、どこかに消えちゃってた。

思わず「ふへ」って笑っちゃうくらいだった。

そうなるともう、おしゃべりが止まらない。

ほんとはちゃんと、須田《すだ》の講義を聞かなきゃいけないはずなんだけどね。

でも、しょうがないと思う。だって、わたしのほうは積もる話がたくさんあったから。

自業自得かもだけど、わたしが須田のことを意識しちゃって、避けちゃってたせいで、話したいことが溜《た》まりに溜まってた。

そんなの、講義聞くだけでいるほうが無理でしょ。

それで気を良くしていたら、完全な不意打ちで、須田に質問された。


「正直、俺のことどう思ってる？」

「!?」


一瞬で頭が真っ白になった。

その質問は、過去に何度か、他の男の子からもされたことがある。

全部、告白の前置きだった。

それがまさか、須田から投げかけられてしまった。

……ということは……？　え？　うそ、なに、わたしこれから須田に告られんの？

え、待って待って、マジ？　ガチ？　なんで？

……って、いやいやいや、まだわかんない。まだちがうかも。落ち着け？　先走んな？

「どう……っていうのは……どういう……？」

ひとまず質問に質問で返して、探りを入れてみる。

これで須田から「男としてどう思ってる？」みたいなことを言われたら、告白で確定なんだけど……!?

わたしは心臓バクバクで、須田の返事を待つ。

すると、須田は言いづらそうにうめいた。

「いや、今はそんなこともないんだが、普段はなんとなく、犬浦《いぬうら》に避けられてる気がするなと……」

「！」

「だからその、俺のことを苦手に思っていたり、なんなら嫌ってたりするのかなと……」

わたしが期待していたような〝告白〟とはちがった。

ちがっていて、けど須田のその告白にも思い当たるフシがありすぎて、わたしは凍りついた。

そう、普段のわたしは、須田《すだ》のことを避けてしまう。

校舎で会ってもおしゃべりどころかろくに挨拶《あいさつ》すらできないし、目もまともに合わせられない。

だから、

「正直に言ってくれて構わない。俺のことが苦手なら苦手で仕方ないと思ってるし、そうであってもパーソナルトレーナーとしての役目は全力で果たすつもりだ。ただ、そういうわだかまりがあるままパーソナルトレーナーを務めるのもなかなかしんどくてだな」

須田は完全に誤解してる。

質問の体をとってはいるけど、これは須田の中では事実確認だ。

須田のこの言い草はもう、わたしが須田を苦手だと思い込んじゃってる。

「〜〜〜っ」

胸がギュッとした。

苦手なわけないじゃん。ちがうって。嫌いなんてありえない。逆だって。

わたしが須田を避けちゃうのは、須田のことが大好きだからだよ。

好きで好きで仕方なくて、恥ずかしくて、嫌われたくないって意識しちゃうからだよ。

そんな声が心の中で上がる一方で、別の冷たい声がわたしを責める。

いや、なに須田が悪いみたいに言ってんの？　って。

須田に誤解させるような態度を取ったのはわたしなんだから、自業自得じゃんって。

後悔と自己嫌悪がじわじわ湧《わ》いてくる。

「というわけで、正直に言ってほしい。俺のこと、どう思ってる？」

改めて須田に問い詰められて、鼓動が速まる。

わたしのせいでもあるんだし、この誤解は絶対解かなくちゃ駄目なやつだ。

けど、

「わ、……わたしは、須田のこと……っ」

「…………」

「その……」

言葉が出ない。

なんて言えばいい？　好きって言うの？

……いや、無理、ほんと無理、そんなの言えるわけない。

じゃあ、「苦手じゃない。嫌いなわけない」って言う？

でも、それだけだと「じゃあなんで避けてるの？」って話になっちゃう。

「～～っ！」

ていうかこんな黙ってたら変な女だと思われる。須田も困ってるはず。何か言わなくちゃ。

何か――！

そう思えば思うほど、言葉がますます出てこなくて、頭が真っ白になって――。

「――犬浦《いぬうら》」

そっと呼びかけられた。

わたしはおそるおそる須田《すだ》を盗み見る。

と、

「俺はちゃんと聞くから、ゆっくりでいい」

「…………」

相変わらずのポーカーフェイスだ。声音も淡々としている。

けれど、須田のその一言は、優しさだ。黙り込んでしまっているわたしへの。

だからほっとして、胸があったかくなって、肩がふっと軽くなった。

ついつい、須田を見入ってしまった。

あぁ、ほんとにもう、須田のこういうところがわたしは――、

「す――」


――ガラガラガラッ。

教室の扉が勢いよく開いて、わたしの言葉は遮られた。

わたしも須田も、意識をそっちに奪われる。

「――あら、先客いんじゃーん」

扉口でそう声を上げたのは、ジャージ姿の若い女の先生だ。小脇にはプリントの束を抱えている。

「あ、先生」

須田が反応する。わたしも見覚えがあった。たしかこの人は、須田の担任の阿比留《あびる》先生だ。

「やー、職員室だと集中できないから教室で仕事しようと思って来たんだけど……使ってんならいいや、他当たる」

阿比留先生はわたしたちをひと目見て、さっさとその場を立ち去ってしまう。

「………………」

不意の乱入で空気を壊されて、ぽけっとしてしまうわたしと須田。

ただ、おかげでわたしは我に返れた。

ぽろっとこぼれ出てしまいそうだった本音を、ギリギリのところで飲み込んだ。

「……先生……」

そしてわたしは、ぽつりとつぶやいた。

「え？」

須田が、何のことかとわたしを見る。

また一気に緊張して、わたしのほうは須田《すだ》から目を逸《そ》らしてしまう。

けど、それでも誤解を解くのにベストな言い訳がようやく閃《ひらめ》いたから、わたしは一気にまくしたてる。

「わたし、須田のこと、先生みたいな存在だと思ってる！　頭いいし、面倒見もいいし、気配りもできてマジメでしっかりしてて落ち着いてるし！　すごいなって思ってる！　……でも、だからこそ、須田と話す時とか、ちょっと緊張しちゃってるかも」

うそは一つも言ってない。全部本心だ。

ただ、「好きで避けてる」っていう一言を、別の言葉に置き換えただけ。

直接好きだなんてまだ言えないけど、今言える精一杯の気持ちをぶつける。

「だから苦手とか嫌いとか……そんなんじゃないから！　むしろ須田のこと、尊敬してるから！」

必死すぎで上ずった声が、二人きりの教室に響いた。

ダイエットの講義を終えて、俺と犬浦《いぬうら》は昇降口まで降りてきた。

これから約ひと月半、犬浦は食事内容を大きく見直して、脂質の摂取を制限するローファットダイエットに取り組むことになる。

カレーやらスイーツやらが好きな犬浦にとっては辛《つら》いかもしれないが……しかし、犬浦の足取りは軽やかで、表情も屈託のない笑顔だ。

「ねえ須田、このあとは？」

「まだ時間があるし、トレーニングルームへ寄っていこうと思ってる」

「そっか。がんばってね」

「ああ。犬浦もな。さっきも言ったが、どんな些細《ささい》なことでもいい。質問や疑問、相談事があればすぐにラインしてくれ。対応する。それと――」

「その日に食べたものの報告ね！　だいじょぶ！　毎日ちゃんとラインするから！」

犬浦は俺のことが嫌いで避けているというのは、俺の誤解だったらしい。

曰《いわ》く、俺は犬浦にとって先生のような存在で、尊敬の念があるから緊張してしまうんだとか。

そう聞いて心底ほっとしたし、恐縮するやらこっ恥ずかしいやら嬉しいやらで、胸が高鳴った。

それに何より、犬浦の言葉に共感もした。だから俺は犬浦に言った。

――……そうか。嫌われてないならよかった。俺も、犬浦と話す時は少し緊張してた。

――え、なんで？

――一緒だよ。俺も、犬浦《いぬうら》のことをすごいと思ってるからだ。

うそじゃない。本心だった。

直接好きだなんてまだ言えないが、今言える範囲の言葉で、犬浦に俺の想いを告げた。

俺が犬浦のことを好きなのは、かわいいからだけじゃない。インフルエンサーだからじゃない。

心の底から尊敬しているからだ。

すごい女の子だと、中三のときに打ちのめされたからだ。

いつかそれを、本人に伝えられる日がきたら嬉しい。

けれど、今はいい。今はこれで十分だ。

誤解が解けて、わだかまりがなくなって、犬浦に引け目を感じなくなった。

犬浦のほうも、緊張してしまうと正直に打ち明けたことで、幾分気が楽になったようだ。

「それじゃ犬浦、また」

「うん！　またね、須田《すだ》！」

別れの言葉が互いに弾む。

やっと、戻ってこられたような気がした。気兼ねなく会話を交わせていた、中三の夏の二人にまで。

今はそれだけで十分で、俺は犬浦に手を振り返しながら、トレーニングルームへ向かった。

ep.3　ギャル力53万、恋愛力５　了

ep. 4

ただの友達です

三限後の休み時間。早めの昼食を摂《と》ろうとして、俺は肩を落とした。

俺はいつも、高タンパク低カロリーのメニューで構成された『筋肉弁当』を持参している。

しかし今日はうっかりして、その筋肉弁当を家に忘れてきてしまったのだ。

かろうじてデザートだけはカバンに入っているが、無論それだけでは腹は満たせない。

なので仕方なく、俺は昼休みまで待ち、学食へ向かった。

学食は多くの生徒で賑わっていたが、真っ先に俺の目に飛び込んできた人物がいた。

犬浦《いぬうら》だ。

少し前までだったら、犬浦を見つけても遠目に眺めるだけだった。

けれど俺は今や、犬浦のパーソナルトレーナーだ。

そして犬浦に嫌われているどころか、わりと尊敬されてるらしいことも先日判明した。

犬浦は一人で学食に来ているようだし、俺は心置きなく声をかけようとした。

が、犬浦に近寄っていったところで、俺は固まった。

犬浦はホワイトボードの日替わりメニューを見ていたのだが……なんとも異様な雰囲気を放っていたのだ。

「──え、待って、〝スペシャルカツ丼〟てなに？　……なにがどうスペシャルなの？　ふつうのカツ丼でも美味《おい》しいのに、スペシャルってどんだけ？　は？　やっば。食べたい食べたい食べたい食べたいあぶらあぶらあぶらあぶらあぶら……」

犬浦《いぬうら》は目を血走らせ、ぶつぶつと独り言を漏らしていた。

その横顔は鬼気迫り、飢えた獣を彷彿《ほうふつ》とさせる。

だからつい固まってしまったが、しかし、引いてはいない。

むしろ「あぁ、案の定この時が来たか」と、俺は即座に犬浦の置かれている状況を察した。

なので俺は、パーソナルトレーナーモードに気持ちを切り替えて、犬浦に声をかけた。

「あぶら……あぶら……」

「犬浦？」

「あぶ──ん？　え!?　す、須田《すだ》!?」

犬浦は俺に気づいた途端、はっと我に返って後ずさる。

そしてわたわたと前髪を手ぐしで梳《す》いたり、制服を整えたりして取り澄まそうとした。

が、俺の視線が『スペシャルカツ丼』の文字に向けられていることに気づくと、すぐにまた取り乱す。

「あ、や、ちがうから！　これは食べようとしてないから！　気になってただけだから！　ちゃんと脂っこくないもの食べようとしてたから！　信じて──！」

「……犬浦、大丈夫だ。お前の気持ちはよくわかる」

犬浦の必死な釈明を、俺はやんわりと遮る。

そして、できるだけ親身になって言った。

「ローファットダイエットは、辛《つら》いよな？」

「っ!?」

犬浦がローファットダイエットを始めて、かれこれ一週間ほどが経《た》つ。

その間俺は、一日の食事内容の報告を、犬浦に毎晩送ってもらっていた。食事内容の指導のためだ。それを見る限り、犬浦はこの一週間、きちんと脂質を制限して、あっさりした食事のみを摂取していた。

だからこそ、ぼちぼち現れてきたようだ。脂質の禁断症状が。

犬浦はもともとガッツリ脂っこい食べ物が好きだから、なおさら辛かろう。

そんな理解が俺にはあると、犬浦は察してくれたらしい。

犬浦は眉尻《まゆじり》をへにょっと下げて、苦しげに本音を白状した。

「……ぶっちゃけ、マジしんどい……！」

「うん」

犬浦の弱音に、俺は深く頷《うなず》いた。

「わたしにとって、油がどんだけ大切な存在だったか気づいちゃった……！　〝美味しい〟って、〝脂っこい〟ってことだったんだね……！」

「うん、うん」

けだし至言である。真剣にダイエットに取り組んだ者は皆、その真理へと至り、脂質の偉大さに打ち震えるものだ。

ともあれ犬浦《いぬうら》は今、ローファットダイエットの厳しさに直面している。

こんな時こそ、パーソナルトレーナーの出番だ。

「しんどいよな。けれどそのしんどさこそが、犬浦の身体《からだ》が減量に向かっているサインだ。だから喜ぼう。それにそのしんどさも、ちょうど今くらいがピークで、これからどんどん軽減されてくはずだ。身体が脂質制限に慣れていくからな」

「……そういうもん？」

「ああ」

俺は犬浦を励ました。しかしそれでは今ひとつ、犬浦には響かなかったらしい。

「ハァ……。はーい」

犬浦の返事はため息混じりだし、横目で未練がましくスペシャルカツ丼の文字を見ている。

これはまずい。他の励まし方を考えねば。しかしなかなか思いつかず、俺は徐々に焦りだす。

「まぁ、その、なんだ、とりあえず今日のところは俺のデザートをやるから、それで気を紛らわせてくれ」

なんて言ってはみたものの、そんなことで犬浦を励ませるわけがない。気休めにもならないだろうと、我ながらそう思った。

が、

「……デザート？」

犬浦はピクリと反応。どんより曇っていた瞳を、キラリと光らせた。

俺は月見そばの大盛りを購入して、食堂のテーブルに着席した。

しかしすぐには手を付けず、そわそわしながら待つ。

するとほどなくして、トレイにどんぶりを載せた犬浦がやって来た。

「い、いい？」

そして俺の向かいの空席に目配せしながら、おずおずと尋ねてくる。

お互いお一人様だし、せっかくだから一緒に食べようか——という話についさっきなったのだから、いいに決まっている。

「ダイエット講座のときも思ったが、犬浦、彼氏とかいないのか……？」「もしいたとしたらさすがに二人で昼食を食べるのはまずいんじゃないか……？」なんて懸念もあるにはあるのだが……俺は犬浦のパーソナルトレーナーだ。

食事管理の一環として、ともに食事をするというのも大事な務めであるはずだ！

だからいいに決まってる！

「あ、ああ」

というわけで俺が頷《うなず》くと、犬浦《いぬうら》は照れくさそうにはにかんだ。

「じゃあ、お邪魔します〜……」

そして俺の真向かいに、いそいそと腰を下ろした。

俺は内心、ガッツポーズである。

筋肉弁当を忘れてきてよかった……！　おかげで犬浦との相席が実現してしまった。

俺は内心で浮かれつつ、いただきますと手を合わせる。そしてそばを啜《すす》り上げると、犬浦もいただきますと手を合わせた。

ちなみに犬浦も俺と同じく月見そばである。

「こうやって須田《すだ》とご飯食べるのってさ、何気初じゃない？」

「いや、中二の時に給食食べてたろ……」

「じゃなくて。二人で食べるの」

「……ああ。それはそうだな」

「でしょ？」

犬浦は自らの言葉を噛《か》みしめるように、うんうんと頷く。

その際、犬浦はウェーブがかった髪をかき上げて、ほっそりとした首筋と小ぶりな耳があらわになった。

それが妙に色っぽく、俺はドギマギしてしまう。

そのことを悟られないように、俺は他愛のない話題を投げかける。

「犬浦はそば派なのか。学食の麵《めん》類なら、うどんでもいいんだが」

食事指導の一環で俺は予め犬浦に、『ローファットダイエット中でも食べられる、低脂質な学食メニュー』を伝えていた。

定食なら焼き魚定食。麵類なら、そばかうどんである。

ちなみにそばとうどんでも、天かすや天ぷらなどが載ったものはＮＧだ。

「そだね。どっちかっていうとおそば派かなー」

犬浦がそば派と知って、俺は嬉しくなった。というのも、そばは非常に優秀な食材だからだ。

「うんうん。いいぞ。細かい説明は省いていたが、そばはうどんよりも血糖値の上昇が緩やかだし、なんと主菜でありながらタンパク質が豊富なんだ。つまり、トレーニーにとってもダイエット中の人間にとっても強い味方というわけだな」

俺はそばの素晴らしさを説いたが、犬浦はつまらなそうに「へー」と聞き流している。

つい先ほどまで脂質の禁断症状に苛《さいな》まれていた犬浦だ。

そんなプレゼンをされたところで物足りないものは物足りない！　といったところだろう。

そこで俺はとっておきの耳寄り情報を投下した。

「そしてそばにはルチンという成分も含まれるから、アンチエイジングや美肌効果も高いと言われている」

「⁉　……マジ？」

「マジだ」

「それ早く言ってし！」

案の定、犬浦《いぬうら》はあっさり態度を翻《ひるがえ》し、猛然とそばを啜《すす》りだした。

ささいな気休めではあるが、脂質の禁断症状が少しでも紛れたら幸いだ。

そうして俺は、折よく空になったどんぶりに手を合わせたのだった。

「ごちそうさま」

「へ？　いや、はやっ！　いつの間にか食べ終わってるし！　しかもそれ大盛りでしょ⁉」

「え、ああ、まあ……」

目を丸くする犬浦に、俺は焦る。食べるペースを犬浦に合わせるべきだったろうか。

そう思ったがしかし、犬浦は急《せ》かされた様子も気を悪くした様子も見せなかった。

むしろ呆《あき》れたような、半ば感心したような目を俺に向けて、ふっと口元を緩ませる。

「なんか、もうすっかり食べっぷりが『男子！』って感じだね。中二の時はもっとモソモソ～って感じの食べ方だったのに」

「え……そ、そうか？」

「うん。けどそれが今じゃガツガツー！って感じで。だから、『男子！』って感じで……」

言いながら、犬浦はもにょもにょと言葉尻《ことばじり》を濁した。

その表情からは今ひとつ、男らしいと褒められているのか、はたまたガサツで見苦しいと捉《とら》えられているのかがわからない。

ただ犬浦は、少し気まずげに視線を泳がせる。

やや顔が赤く見えるのは、熱々のそばのせいか、俺の気のせいか。

「……てか、食べてるとこ見られてるの恥ずいんだけど……」

「あ、すまん。――それじゃ、これがデザートだからあとで食べてくれ」

俺がもう食べ終わったもんだから、つい犬浦に見入ってしまった。

そりゃ食べづらいよなと思い、俺は持参していたデザートを置いて席を立とうとする。

「え、あっ……ちがっ、待って、待って」

すると、それはそれで引き止められてしまった。

「えっと……あの……っ」

しかし俺を引き止めはしたものの、犬浦はその先の言葉が出てこず、あわあわしている。

ちらちらとよこす上目遣いは、どこか追いすがるようだ。

少し考えて、なるほどそういうことかと合点がいく。

根が陽キャでパリピな犬浦《いぬうら》だ。極力ぼっち飯は避けたいといったところだろう。

ともあれ俺はまだ、ここにいてもいいらしい。

そして犬浦は、いいこと思いついたとばかりにパッと笑顔を咲かせた。

「あ、あ、そだ！　デザートのお返しに、わたしはこれあげる！」

言いながら俺によこしたのは、そばについてくるお新香の小鉢だった。

そんな方便を使ってまで、ぼっち飯は避けたいものか。

そんな犬浦がおかしくて、一方で無性に愛《いと》おしくて、俺の口元は自然とほころんだ。

「わかった。じゃあ、もう少しだけ」

俺はお新香に手を伸ばしながら、再びその場に腰を据《す》える。

「…………」

すると、なぜか犬浦が驚きの目を向けてくる。

「？　どうした？」

俺が尋ねると、犬浦は声を弾ませた。

「や、う〜っすらだけど、須田《すだ》が珍しく笑ったからさ」

「…………」

なんとなく照れくさくて、俺は逃げるようにお新香を齧《かじ》った。

「──ごちそうさまでした」

そばを食べ終えて、犬浦は手を合わせた。そして間を置かず、再び手を合わせる。

「それじゃあ……いただきます！」

言いながら手を伸ばしたのは、小ぶりのタッパー──俺の持参したデザートである。

脂質制限のしんどさを少しでも和らげてやりたくて、思いつきで言ってみたデザートの譲渡。

これに犬浦は、思いのほか前のめりで食いついてきたのだった。

恭《うやうや》しい手付きでタッパーを開けると、犬浦の表情が一瞬で華やいだ。

「わー、ゼリーだ！　これは食べても平気なやつなんだよね!?」

「ああ」

そう、俺の持参したデザートとは、ゼリーである。

脂質がほとんど含まれていないため、犬浦でも摂取可だ。

「……あれ？　てか、え!?　これもしかして自分で作った!?」

「ああ」

そして何を隠そう、フルーツ味のプロテインとゼラチンで作った、俺のお手製である。

「……須田って料理得意なの？」

「得意ってほどでもないな。自分用に高タンパク低脂質な弁当を作ってるくらいだ」

「それもう得意だよ！　やっぱ！」

犬浦《いぬうら》は驚いているが、それなりにボディメイクに熱を入れているトレーニーからすればこれくらいは普通のことだったりする。

「須田《すだ》まじやばい」と連呼しながら、犬浦はゼリーを一口パクリ。

もにょもにょと味わいに味わって、やがてしみじみと言った。

「……や〜ば〜、もうほんと何なの須田ぁ〜。なんでこんな美味《おい》しいゼリーまで作れちゃうの〜？　神〜？　――うえ、えぐっ、おいしい……」

犬浦は感極まったか涙目で、一口一口大事そうにゼリーを食べる。

大げさなとは思いつつ、とはいえ、犬浦に褒められるのはまんざらでもない。

それに……、

「まぁ、少しでも気が紛れたんならパーソナルトレーナー冥利《みょうり》に尽きるってもんだ」

「？　きがまぎれる？」

「ああ。ついさっきまで犬浦、ローファットダイエットが辛《つら》くて仕方なかったろ」

「あ……」

たかだかゼリーにここまで感極まるということは、それほど犬浦にとってはローファットダイエットが辛かった証拠だし、それを紛らわせられた証拠でもあろう。

パーソナルトレーナーとして犬浦の役に立てたのだから、これほど嬉しいことはない。

「これでまた頑張れそうか？」

「……うん。うん！　がんばれる！　――」

俺が問いかけると、犬浦はこくこくと頷《うなず》いて、たどたどしく続ける。

「――し……またこういう風に、須田の作ってくれたもの食べさせてくれたりしたら、絶対最後まで諦めずに頑張れると思う……。こんなのもうわたしにとって……ご褒美みたいなもんだから」

「ご褒美……このゼリーが？　こんなのでよければまた作ってくるぞ」

ダイエットを継続させるために、〝自分へのご褒美〟を用意することは有効な手だ。

しかもそのご褒美がこんなコストのかからないものでいいなら、言うことなしだ。

「ほんと!?　やった！　――あ、あ、でも、その、で、できたら次は、須田の手作りのお弁当食べてみたいな～？　……みたいな」

言いながら、犬浦はちらちらと俺の顔色をうかがってくる。

それは意外な願い事で、俺は一瞬返答に詰まる。

すると犬浦を勘違いさせてしまったらしい。

「あ、や、ごめっ！　今のナシ！　調子乗った！　超ずうずうしいね!?　さすがにそんなの作ってくるなんて大変だよね!?　ごめんごめんごめん忘れて！」

犬浦は慌てふためいて、前言撤回しようとした。

それを俺はやんわりと遮る。

「いや、いいぞ。全然構わない」

「……え……」

「そんなのでよければ全然作る。一人分も二人分も大して変わらないし。——そうだな、ダイエットの最終目標が五キロ減だから、二・五キロ……目標達成率五〇％まで行ったら弁当を作ってくるってことでどうだ」

条件の提示が、いささか口早になる。

犬浦《いぬうら》に俺の弁当を——いわば手料理を食べてもらえることは、俺としても嬉しいことだから、気持ちが逸《はや》ってしまったのだ。

すると犬浦も、目を輝かせて身を乗り出す。

「うん、うん！　それ超いい！　それならわたし、がんばれる！」

「そうか。じゃあ、そういうことで」

「うん！」

かくして俺たちはローファットダイエットを成功させるために、ご褒美の約束を交わしたのだった。

……これはまた二人で昼食を摂《と》れるチャンスだな……？

来《きた》るご褒美デーに思いを馳《は》せてワクワクしていると、犬浦がはっとして声を上げた。

「――あ！　実はもう一つご相談が……」

「なんだ」

「わたしはもうこれでダイエットがんばれそうなんだけど……他にも一人、挫《くじ》けそうな人がいて……」

「？　挫けそうな人？」

どういうことかと目で尋ねると、犬浦はばつが悪そうに答えた。

「うん……うちのパパ」

「……あー」

ダイエットやボディメイクに関する悩みや相談内容は、ある程度パターンが決まっている。

だから、不意に犬浦の口から父親のことが飛び出してきても、俺は不思議に思わなかった。

むしろ、どんな相談事が来るか薄々察しながら、俺は犬浦の話に耳を傾けた。


「――最近、パパが元気がなくてさ」

犬浦はやや声のトーンを落として話し始めた。

「ほら、わたしがローファットダイエット始めたでしょ。それで我が家の晩ごはんのメニューが変わって。脂っこいのとか味が濃いのとかが出なくなっちゃって。お姉ちゃんとママはローファットなメニューにも結構乗り気なんだけどさ、パパはガン萎《な》えで……。ちょっとかわいそうかなって……」

犬浦《いぬうら》が持ちかけてきた相談事は案の定、俺の予想していたものだった。

要するに、ダイエット中の人間とそうでない人間が生活を共にしているとき、その食事内容をどうするかである。

これ、トレーニーやダイエット中の人の間では、意外とあるあるな問題じゃないだろうか。

犬浦本人は目的あってのローファットメニューなので辛抱もできよう。

しかし犬浦のお父さんのように、ダイエットも何もしていない人間からすれば、そんなのはただの苦行である。

「だからその、わたしからダイエットしたいって言ってるのに、須田《すだ》にこんなこと言うのワガママだってわかってるんだけど……」

犬浦は申し訳なさそうにするが、俺は首を横に振った。

「いや犬浦、それはとても大事なことだ。ボディメイクなんてのは、一種の自己満足に過ぎない。自己満足でやってることに、周囲の人間を巻き込んでいい道理はない。だからボディメイクに邁進《まいしん》する以上、周囲への配慮は大事だし、きちんと配慮できる人は素晴らしいと俺は思う」

そして今まさに犬浦は、最も身近な周囲——父親への配慮を見せた。

その事実が俺には嬉しいし、そんな犬浦を誇らしくさえ思う。

だから、

「ちゃんと相談してくれてありがとう」

俺は心からの敬意を込めて、犬浦に真正面からそう告げた。

すると犬浦は面食らったようだったが、

「う、うん。……えへへへへ」

手ぐしで髪を梳《す》きながら、嬉しそうにはにかんだ。

かわいっ！　と思ったが、今はそんな浮ついていい場面ではない。犬浦のパーソナルトレーナーとして、解決案を提示せねば。

「そうしたらどうするかな……。ちょっと考えさせてくれ」

「はい先生！」

さきほど犬浦にもらったお新香をかじりながら、俺は沈思黙考。

そうしている間に、犬浦は残りのゼリーを食べ尽くした。

「……ところで、犬浦って結構父親思いなんだな。年頃の女子は父親を毛嫌いしてるイメージだ」

うちの妹がその代表格だ。

ふと思ったので、なんの気なしに言ってみると、犬浦は「あー、人によるよね」と苦笑いで相槌《あいづち》を打つ。が、最後にこう付け足した。

「でもわたしはパパ好きー」

「……そうか。それはいいことだ」

なんて素っ気なく言ったが、内心ではほっこりだ。照れも恥じらいもなく、好きなものは好きと言い放つ犬浦《いぬうら》に、たまらない愛らしさを覚えたからだ。

❤

須田《すだ》と別れてから教室まで戻る間、なんだか足取りも頭もふわふわしていた。

須田とのランチが、ちょっとしんどいくらい楽しかったせいだ。てか、マジで尊すぎた。

まず須田がおそばを食べるあの速さ。

中二の頃と比べて男らしくなりすぎでしょ。なんなのあれ。カッコよすぎない？　は？

しかもしかもなんかお新香あげたら微笑《ほほえ》んでたし。なに、もしかして須田、お新香大好きだった？　え、そんなんで持ち前のポーカーフェイス崩しちゃうの？　は？　カワイイかよ。キロで買ったげようか？　お新香。

そして極めつきは須田の手作りゼリーとお弁当！

まずあの須田が料理するってだけでもかなりポイント高い！　そんな家庭的な一面があるなんて知らなかったから、ギャップで心臓止まるかと思った。

しかもそのゼリーがお世辞抜きで美味《おい》しくて、今度わたしのためにお弁当まで作ってきてくれるとか……！

そんなの夢見心地って感じで、ニヤニヤが止まらない。

これはもう、ローファットダイエット辛《つら》いとか泣き言言ってる場合じゃないでしょ！

とっとと約束の目標達成率五〇％を目指さないと！

ローファットダイエット最高！

すっかりルンルン気分で教室に戻ると、白瀬《しらせ》と秋津《あきつ》がわたしの机を占領していた。

「あ～、犬浦おかえり～」

「何食べてきたの？　カレー？」

「ちがうし。おそばだよ」

「そば……!?　麺《めん》類といったらラーメン一択の犬浦が……!?」

「背脂ギタギタのスープが大好きな犬浦がぁ～」

「うるさいうるさい。もうそういうの卒業したからわたし。生まれ変わってニュー犬浦になったの。略して〝いニューら〟。よろしく～」

言いながら白瀬をお尻《しり》で押しのけて、わたしは自分の席に座る。

「ほー。でも、いニューらがこれじゃあ放課後は誘えないな」

「だねぇ～」

「なに？　なんの話？」

わたしが尋ねると、二人はイジワルに笑った。

「スタパで新しいスイーツが出てさ、放課後食べに行こうぜって、今白瀬《しらせ》と話してて」

「え！」

不意打ちを食らった。

スタパの、新メニュー!?　その手の情報は、ダイエットを始めてからあえて入れないようにしていたのに、秋津《あきつ》に吹き込まれてしまった。

そこに白瀬も加わって、二人で誘惑してくる。

「いニューらのダイエット、十一月までだっけ～？　そのスイーツ、期間限定だから食べられないかもね。かーわいそ～」

「最近、お前、アンスタの方でも全然スイーツあげないじゃん？　フォロワー寂しがってるぞ？」

「ね～？　自分のスタイルも大事だけど、フォロワーも大事だよね～？」

「うぅ～！　二人とも鬼！　悪魔！」

期間限定メニューを食べそびれるかもしれない……そんな恐怖を煽《あお》られるだけじゃなく、フォロワーまで人質に取られてしまって、わたしはついに悲鳴を上げた。

「あっはっは！　なぁ～、一回食ったってそんな変わんねえって。行こうぜ？　犬浦」

秋津の誘惑に、わたしは揺れる。

須田《すだ》のお弁当のためにもがんばろうって決めたばっかなのに！　わたし、意志弱すぎ！

ぐぬぬと葛藤《かっとう》していたその時、わたしのスマホがピコーンと鳴った。

ラインの通知だ。見てみればなんと、須田からだった。


『今日の放課後、空いてるか？　ちょっと一緒に行きたいところがあるんだが』


とても須田らしい、淡白で事務的な一文。

けれどその一文に込められた威力はすさまじく、わたしの葛藤を粉々に打ち砕いてくれた。

「……ごめん、秋津、白瀬。今日は、用事入ったから、行けない。また、今度、誘って？」

「お、おう。そうか……。いやそれはそうと、どうした？　急に顔真っ赤だぞ」

でしょうね。耳まで熱くなってるのが自分でもわかる。

いや、須田のことだから絶対当たり前にダイエット関連のお呼び出しなことはわかってるんだけども……だけども！

この文面は、まるでデートに誘われてるようで、わたしは動揺してしまった。

「……はぁ〜あ、つまんなぁ〜い。いニューら嫌〜い」

そして付き合いの悪いわたしに、白瀬がふくれるのだった。

須田《すだ》に指定された待ち合わせ場所は、地元の駅だった。

わたしは駅のトイレで念入りに身だしなみをチェックしてから、改札を出る。

須田はシルエットからして目立つから、すぐに見つけられた。

それは向こうも同じだったみたいで、須田とわたしはほとんど同時に歩み寄りあった。

「ご、ごめん、待った？」

「いや、今来たところだ」

デートやん！！！！！　――夢にまで見たやりとりに、心臓がギュンてなる。

「急に呼び出して悪かったな」

「ううん！　全然全然！」

いやマジほんと全然ＯＫ。いつでもどこでも気分で呼んで？　秒で飛んでくから。

「俺の行きつけの店を紹介したくてな。そこなら、親父さんの件をきっと解決してくれるはずだ。――こっちだ」

「はーい」

思った通り、須田がわたしを呼び出したのはダイエットのためで、これから行くのもデートスポットでもなんでもなさそうだ。

駅を出ると、商店街とか盛り場のあるエリアにも背を向けて、住宅街の方へ入っていく。

けど、それでも、わたしの気持ちはじっくり熱を上げていく。

この街は、わたしと須田の地元だ。

二人並んで、地元をこうして歩くのなんて、中学の時にもなかった。

「…………」

黙々と歩く須田の横顔を、わたしは半歩後ろからそれとなく見上げる。

それで、なんか違和感を覚えて、なんだろうって少し考えて、腑《ふ》に落ちた。

あぁ、そっか、須田、筋肉もモリモリになったけどさ、背もすごい伸びたんだ。

中二の時なんて、わたしの方が背高かったもんね？

中三になって『あれ？　抜かれちゃったかな？』くらいの感じだったよね。

それが今はもうさ、須田のほうが断然おっきいんだね。

「……須田さ」

「ん？」

「ちょい歩くの速いかな」

「あ、すまん」

「ううん」

あとさあとさ、須田、メガネもコンタクトに変えたよね。髪も短くして、サッパリしてさ。

高校の入学式で見て、びっくりしたよ。最初ほんと、誰って思ったもん。

「……ねえねえ」

「うん」

「中学の誰かと連絡取ってる？」

「いや、取ってないな」

「そっか」

たぶんね、同中《おなちゆう》の子たちが今の須田《すだ》を見ても、誰かわかんないと思うよ。

「犬浦《いぬうら》は？」

「わたしはちょこちょこアンスタにメッセージもらったりしてるかな。結構みんな見てくれてるみたいで」

「ああ、なるほど。——なら、犬浦が無事モデルデビューしたら、みんなビックリするだろうし祝ってくれるだろうな。がんばろうな」

「うん！　だねー」

同中の子たちからお祝いしてもらうのも嬉しいけど、須田もちゃんと祝ってくれるよね？

ダイエットよくがんばったなって、褒めてくれるかな。

それで、わたしのこと、気にかけてくれるようになったりしないかなー……。

「………………」

他愛もない会話のその裏で、須田への想いは走っていた。

けれど一言も口には出さないで、胸のうちにしまったまま。

言えるわけないよね。こんなの口に出したら、わたしの気持ちバレバレじゃんね。


駅から歩いて十分弱。

須田《すだ》に連れられて来たのは、大きな倉庫みたいなお店だった。

店先にはカートが並んでたり、缶詰とか調味料とかトイレットペーパーとかが、ダンボールに入ったまま積まれてる。

「ここって……業務用スーパーだよね？」

「ああ」

地元だから、この店の存在はうっすら知ってたけど、入るのは初めて。

業務用ってだけあって、内装は飾り気がないけど、陳列された商品の密度がすごい。

「あらお兄さん、いらっしゃ～い」

「あ、どうも」

須田はレジのおばちゃんに声をかけられて、会釈しながら奥に入っていく。

わたしもおばちゃんに会釈しながら、そのあとに続く。

「知り合い？」

「というより顔見知りってところだな。俺はわりと常連だから覚えられてる」

「あはは。ちょっとわかるかも。須田、おばさまウケ良さそうだもん」

須田、愛想はないけど礼儀正しいしマッチョだからね。なんというか、武士みがあるよね、武士みが。そりゃおばさまからウケるはず。もちろんわたしからも馬鹿ウケ。

「さあここだ。ここに、犬浦《いぬうら》の抱える問題の解決策が揃《そろ》ってる」

須田は、冷蔵の食材コーナーの一角で立ち止まると、ちょっと得意げに声を弾ませた。

冷蔵ショーケースには、真空パックで包装された様々な調理済み食品が並んでる。

その中から須田が手に取ったのは、サラダチキンとサラダフィッシュだった。

「現状、犬浦家の夜の献立は、毎日犬浦のためのローファットメニューになっている。それが親父さんにとっては苦痛なわけだから、今後は週に三、四日は親父さん好みの元のメニューに戻していい。ただし犬浦はそれを食べず、代わりにこのサラダチキンとサラダフィッシュ、あるいはサバ缶を主菜として食べるようにしよう」

「おお……！」

ナイスアイディアだと思った。

よくよく考えてみたら、パパも朝食は元からトーストとかで済ませちゃうし、昼は各自別々のメニュー。問題になっていたのは夕食の、しかも『主菜』に限定されていたんだから、それだけわたし用のを別に用意すればいい。

しかもそれを自分で用意するなら、ママに負担をかけることもない。

「サラダチキンもサラダフィッシュもサバ缶も、高タンパクで低脂質だからローファットダイエットにうってつけの食材だ。しかも開封するだけですぐ食べられるから、簡単お手軽。そしてこの業務用スーパーだとかなりの安値で手に入る。コンビニの半額くらいだからな」

それによくよく見てみれば、サラダチキンにもサラダフィッシュにも色々味や種類があって、味に飽きることもなさそう。

「須田《すだ》！　これバッチリだよ！」

「ああ。これで親父さんも元気を取り戻すといいな」

須田がうんうんと頷《うなず》くのを見て、二つの嬉しい気持ちが膨らむ。

一つは須田の言う通り、これでパパが元気になってくれそうだなっていう嬉しさ。

もう一つは、やっぱり須田は頼りになるな、かっこいいなっていう嬉しさ。

その二つを胸の中でホクホクさせながら、わたしは買い物かごに須田のオススメダイエット食材を放り込んでいった。

「――うん、今日のところはこんなもんでいいかな。お会計してくる！」

「ああ」

重くなった買い物かごを持って二人でレジに行く。

稼働中のレジは、須田の顔見知りだっていうおばさまのところだけだった。

「はいはい、いらっしゃいませ〜。——一三九五円になります〜」

「はーい」

小銭あるかな？　わたしは財布をまさぐった。

「うふふ。お兄さんの彼女さん、とーってもかわいいわね〜」

「………」

不意の一言に、時間が、一瞬、止まった。

お兄さんの、彼女さん……？

須田の、カノジョだと思われた……？

「〜〜っ！」

一瞬で体温が上がる。

たぶん今、顔も耳も真っ赤で、須田のほうを振り向けない。

『須田のカノジョ』だなんて、言葉の響きだけでも嬉しくて、照れくさい。

カップルに見えるっていうだけで、お似合いだってお墨付きをもらえたみたいで、勝手に舞い上がっちゃう。

けど、

「――いえ、自分たちはそういう関係ではないです。ただの友達です」

わたしの気持ちとは裏腹に、須田《すだ》は淡々とそう答えた。

「……そうなんですよー」

チクリと胸に痛みが走ったけど、わたしはおばさまに愛想笑いを浮かべた。


「――サラダチキンに関しては買うよりもさらにコスパがいい方法もあるんだけどな。低温調理の鶏《とり》ハムだ。鶏ハムは自作でも結構美味《おい》しく作れてだな」

「へー」

買い物を終えて、わたしと須田は地元の住宅街をぽてぽてと歩いてた。

須田はさっきからお手軽ダイエット料理、鶏ハムについて熱弁してくれてる。

けど、申し訳ないけど、あんまり集中して聞けてなかった。


――うふふ。お兄さんの彼女さん、とーってもかわいいわね～。

――いえ、自分たちはそういう関係ではないです。ただの友達です。


さっきのレジでのやりとりが、頭の中で延々とリピートしてる。

〝ただの友達〟っていうフレーズは、わたしもそこそこ使う。

わたしは彼氏を作ったことがないけど、男の子に告白されたり、遊びに行ったりはあるから、誰かと付き合ってるって誤解されることはよくあった。

それで、その誤解を解くのによく、「ただの友達だよ」って答えてた。

……けど、いざ言われる側に回ってみると、ちょっともどかしいっていうか、寂しいっていうか、切ないっていうか……。

たしかに〝ただの友達〟なんだけどさ。

疎遠《そえん》になっちゃってた頃に比べたら、それでも十分の進歩なんだけどさ。

わたし、欲張りなのかな。

〝ただの友達〟じゃなくて、須田にとっての特別な何かになりたいって、やっぱりそう思っちゃうんだよね。

「──鶏ハムには個人的にはオリーブオイルとピンクペッパーを合わせるのがおすすめだな。美味《うま》いし、見映えもいいぞ。もちろんサラダとの相性も抜群で──」

「…………」

ねえ、須田って彼女いるの？

好きな人は？

鶏ハム談義に夢中になってる須田の横顔に、心の中で問いかける。

そんなこと、なんの気もない男の子には普通に聞ける。ほんの世間話みたいなもん。

けど、相手が須田《すだ》だとやっぱりダメ。

須田のことが好きで、それで探りを入れてるんじゃないかって、須田にバレちゃわないかな？

……それにさ。もし、彼女いるって言われたらどうしよっか。

たぶん立ち直れない。お家帰って死ぬほど泣く。もうダイエットどころじゃなくなるし、須田にパーソナルトレーナーを続けてもらうのもむしろ苦しくなる。

怖いな、知るの。

……でも、これって聞いとかなきゃいけないやつだ。

だって、もし須田に彼女がいたりしたらさ、わたし、須田にすごい迷惑かけてるもんね？

わたしと付き合ってるだなんて誤解が広まったら、困るよね？

「…………」

「——というわけで、鶏《とり》ハムは一般家庭ならまず常備されてる調味料と鍋さえあれば作れるから、暇があったらチャレンジしてみるといい」

須田の熱のこもった鶏ハム講義が、ようやく締めくくられたっぽい。

よく一つの話題でここまで色々と語れるなぁって、素直に感心する。

「ここまでで何か質問はあるか？」

不意に、真っすぐな視線を須田から向けられる。

つい、わたしのほうは目を逸《そ》らしちゃった。

けど、

「……あ……ある」

勇気を振り絞って、小さく頷《うなず》く。

「お、なんだ？」

「えっと……須田って……」

「うん」

「……やっぱり、好きなんだよね？　料理。お弁当だって作ってきちゃうくらいだし」

ちがうって。

「好き……というよりは凝《こ》り性《しょう》なんだろうな。ボディメイクに関わることはついこだわってしまって――、」

「へー！　そうなんだ！」

ちがう。ちがう。なにが「そうなんだ！」だし。

須田に彼女がいるのか。迷惑じゃないかを聞かなきゃ。

なのに、やっぱりダメ。聞けない。

自分のヘタレっぷりにうんざりしながら、わたしは心のこもってない相槌《あいづち》を打ってた。

そしたら、

「……なぁ犬浦《いぬうら》、逆に、俺から質問してもいいか？」

「え？　うん。なに？」

「だいぶ話は変わるんだが……俺は、迷惑になってないか？」

「……え？」

唐突に須田《すだ》に聞かれて、わたしは息を呑《の》んだ。

「……な、なにが？」

「いや、その、実は今日の学食でも気になってたんだが、やっぱりこうツーショットになると、さっきみたいに誤解されたりもするわけで」

「！」

ポーカーフェイスの須田にしては珍しく、気まずそうに眉間《みけん》にシワが寄る。

逆にわたしは目を見開いた。

だって、わたしが言い出せずにいたことを、須田が口にしたから。

言葉を失《な》くしてるわたしを置いて、須田は話を先に進めていく。

「だから、もしあれだったら今後はなるべく対面でのダイエット指導は避けて、ライン上で済ませてしまうというのも……」

「――やだ」

聞いてられなくて、わたしは須田の言葉を遮った。

「え？」

たった一言だったけど、つい強い言い方になっちゃって、須田もキョトンとしてる。

けど、強い言い方にもなるでしょ。

だって須田が提案しようとしてること、大間違いだから。

それが良かれと思ってのことだって、須田なりの気遣いだってことはわかってるけど、わたしにとっては最悪の展開だから。

わたしは真っすぐ須田の目を見て伝える。

「迷惑なわけないよ。こうやって付き添ってくれたり色々話してくれること、すっごくありがたいなって思ってるもん。別に、ああいうのもわたし、気にしないからっ」

「え、あ、そうか」

気にしないどころか、嬉しかったんだよ。

今、二人きりでいられることにはしゃいでるよ。

だから、これからもそうありたいよ。

——そんな本音を遠回しに伝えた。

ただそれも、わたしの一方的な願い。

「……でも、ほんと正直に言ってくれていいんだけど、逆にわたしが須田に迷惑かけてたりする？　ああいう誤解されちゃうと困る？」

「⁉　ぜ、全然！　まったくだ！」

「ほんと？　もしその、彼女さんとか、そういう人が須田《すだ》にいたりしたらさ――」

わたしの想いなんてどうあれ、わたしは須田との関係を断たなきゃだめだ――。

そうなることも覚悟のうえで、ようやくわたしは、核心部分に触れた。

そしたら、

「ない」

「え？」

「彼女なんていない」

須田は、秒で、食い気味に、念を押して否定してきた。

なんかちょっと勢いがありすぎて、悔しそうな、いじけてるようなニュアンスすらあって。

わたしも面食らうやら、なんだか笑えるやらで、気が抜ける。

「……そう」

「ああ」

「そっか」

「ああ」

でも、須田に彼女がいないっていう事実が、じわじわ頭と心に浸透していって――、

「……なら、よかった」

口先では軽い吐息だけ漏らして、内心では盛大に一安心のため息をついた。

本当に良かった。いや、須田的には全然良くないことなのかもしれないけど、わたし的にはこの上なくいいニュースだ。

ひとまず、とりあえずはまだしばらくは、須田と関わっていられそうだ。

須田と二人きりになることも許されそうだ。

「ちなみに、犬浦《いぬうら》は？　彼氏さんとか……」

よくぞ聞いてくれました。

わたしはなるべく自然体に、けれどできるだけはっきりしっかりと答えた。

「いないよ」

「……そうか」

須田は頷《うなず》いて、ふと視線を前のほうに向ける。

「……なら、よかった」

そして小さくつぶやきながら、ホッとしたような微笑《ほほえ》みを、口の端っこに薄く浮かべた。

わたしが心配してたのと同じで、須田も心配してたのかも。

わたしに彼氏がいたらって。

だって、もしいたとしたら、さすがにツーショットになるのはまずいもんね。

……でもね、須田？

全然よくはないんだぞー。

わたしは彼氏が欲しいんだぞー。

てか、君に彼氏になってほしいんだぞー。


スーパーのビニール袋の重みを手に感じながら、秋の夕暮れに目を細める。

家に帰ったら、今日買った食材をアンスタにアップしよう。

スタパの新メニューなんかじゃないし、須田《すだ》のことはさすがに書けないけど、「めっちゃいいもの買い物してきたー！」って、この胸のドキドキをフォロワーと共有しよう。

そうやって誰かに伝えないと、このドキドキは収まりそうもないから。

◆

犬浦《いぬうら》と別れ、一人帰路に就く足取りは、弾むように軽かった。

犬浦が俺の彼女だと、レジのおばさんに誤解されたときには焦った。犬浦との関わり方や距離感を考えさせられもした。

けれどそのおかげで、犬浦に彼氏の有無を確かめる踏ん切りがついて、結果、いないことが判明した。

その事実は俺を舞い上がらせた。思わず一言「よかった」と、口をついて出るほどまでに……。

ああ、早く家に帰ってホームジムで筋トレをしよう。

そうでもしないとこの胸の高鳴りは、収まってくれそうにない。


犬浦と業務用スーパーに行った翌朝。

登校して、自分の座席にまで行くと、ツンツンと肩をつつかれた。

振り向くと、小柄なクラスメイトが俺を見上げていた。

「おはよう、須田」

「ああ、桃。おはよう」

中性的に整った顔立ちと、あどけなさの残る華奢《きやしや》な体つき。一言で言えば、美少年。実際、女子生徒からの人気も高い。

名前は桃原《ももはら》。俺が仲良くさせてもらってるクラスメイトの一人で、通称は、桃《もも》。

「これ、『バキバキ』の最新刊持ってきたよ。今回も超トンデモで面白いから！　読んで読んで」

無邪気に笑いながら、桃はバトル漫画の単行本を俺に差し出す。

桃《もも》はこう見えて、漫画、アニメ、ゲームなどに精通するオタクで、俺に色々と貸してくれる。

「おお、サンキュ。……バキバキシリーズは読んでると筋トレしたくなってくるんだよな……」

俺が体の疼《うず》きを覚えていると、もう一人、ドタバタと駆け寄ってくる。

「須田《すだ》、桃～！　聞いてくれよ！　俺死んだわ！　先週バックレたバイト先から電話かかってきた！　超こええ～～～！　なんか罰金とか請求されたらどうしよう⁉　ひぃぃぃぃぃ」

良く言えば賑やか、悪く言えば騒がしいこいつは木場《きば》。

桃ともども仲良くしているクラスメイトの一人だ。

「木場ってほんとよく死んでるよね……。今回はお寿司《すし》屋さんだっけ？」

「そう、回転寿司……。生魚捌《さば》いてるの見てたら気分悪くなって吐いちゃって……行きづらくなってバックレたんだけど……」

木場はこういうエピソードに事欠かない、ガラスのハートのミスター破天荒だ。ちなみに木場のバイト遍歴は、高一の秋にして一〇か所を超える。

「うぅ、寿司屋の板さん、絶対キレてるよ……。近いうち俺は刺身包丁で捌かれて、店頭に並ぶことになると思う……。そういえば須田ってマグロの赤身とか好きだったよな……？」

「いや、たとえ低脂質だったとしても友達の赤身は食べたくないぞ……」

「そもそも捌かれないから。その程度で捌かれてたら木場はとっくに命ないでしょ。これまでも散々あちこちでやらかしてるんだから」

俺と桃の二人でテンパっている木場をなだめるのは、朝のお馴染《なじ》みの光景だ。

大概は木場もそれで落ち着いてくれるのだが、今日は違った。

「あとさあとさ～！　他にも俺、超絶悲報を耳にしちゃって死にそうなんだけどー！」

悲報とは一体なんだろうか。

俺と桃が顔を見合わせると、木場は真っすぐに俺を見つめて言った。

「あのさぁ、須田さぁ、……彼女できた？」

「ええっ!?」

驚きの声を上げたのは桃だ。

そして意表を突かれた俺は、言葉を詰まらせる。

悲哀の滲《にじ》む木場の眼差《まなざ》しが、俺を射すくめた。

ep.4　ただの友達です　了

ep. 5 3 on 3

コルチゾール——副腎《ふくじん》皮質から分泌されるホルモンの一つ。生体にとって必須のホルモン。

しかし、心身に強いストレスを受け、分泌量が高まると、筋肉の分解の促進や脂肪が燃えにくい体質への変化などを生じさせる。

すなわち、ボディメイクの敵である。


須田孝士《すだこうし》こと俺に彼女ができた！

——そんなビッグニュースが突如として舞い込んできた。

無論、身に覚えのない話である。

俺は面食らって言葉を失うが、桃《もも》は目を輝かせる。

「え、え、ほんとに須田、彼女できたの!?　わあ！　おめでとう！」

我が事のように喜び、祝ってくれる桃の笑顔が眩《まぶ》しい。

それとは対照的に、木場《きば》は嘆く。

「全然めでたくねえよ！　悲報だってこれ！　彼女ができたってことは、俺たちともう遊んでくれなくなるってことだかんね!?」

「なんでそうなるのさ……」

「そういうもんなの！　だって俺の中学ん時の友達、彼女できた途端に俺と遊んでくれなくなったぞ……。彼女にうつつ抜かして……。それで俺は独りになった……。もうあんな思いをするのは嫌だ……」

「ええ？　……あー、まぁ、そういう人もいるかもだけど……でも須田はそんなことないいんじゃないかな？」

木場が喚《わめ》くのはやっかみか何かかと思いきや、どうやら孤独を恐れてのことらしい。

一般論としてそういうことも確かにありそうではあるが、しかし桃は俺の肩を持ってくれる。なので、俺はうんうんと頷《うなず》き返した。そもそも彼女なんてできていないが、仮にできたとしても俺は友達との付き合いも大事にしたい。

「……そう？　須田は俺のこと、見捨てない……？　『俺と彼女どっちが大事なの？』って聞いたら俺を選んでくれる……？　『高校在学中に彼女は作りません』って念書書いて血判押して病めるときも健やかなるときも俺から離れないって誓ってくれる……？」

「木場の友達観、重すぎるでしょ……」

「重くない！　俺はただ、生まれた日が違っても死ぬ時は一緒でありたいだけだから！」

「重いって……『三国志』の友情観じゃん……」

毎度のこととはいえ、木場《きば》の暴走には桃《もも》も俺も呆《あき》れるが、ともあれ話も脱線し始めたし、遅ればせながら俺が割って入る。

「ちょっと待ってくれ、二人とも。一旦《いったん》落ち着いて、俺の話を聞いてくれ」

「なんだよ須田《すだ》……お前のノロケ話なんて、俺は聞きたくないぞ……!?」

「そんな話はしようとしてない……。そもそも、俺に彼女なんてできてないんだからな」

「へ?」

「なんだ、そうなの?」

木場はキョトンとし、桃はいささか期待外れといったようにトーンダウン。

「で、でもアビ先《せん》から聞いたぞ！　なんか須田、ちょっと前の放課後に、女子と二人きりで密会してたって……ただならぬ雰囲気だったって……」

アビ先《せん》とは、俺たちの担任である阿比留《あびる》先生の通称だ。

そしてその名前が出た途端、なぜそんな話が湧《わ》き上がったのかの合点もいった。

たしかに俺は、犬浦《いぬうら》と放課後の教室で二人きりでいたところを——ダイエットの講義を犬浦にしていた場面を、阿比留先生に目撃されている。

それで阿比留先生は勘違いし、なにかの拍子で木場に口を滑らせたのだろう。

『須田に彼女ができた』と。あの先生はおおらかな半面、いささかデリカシーに欠けるのだ。

俺は小さくため息を吐きつつ釈明した。

「そのことならとんでもない誤解だ。実は最近、とある女子からボディメイクの相談を受けててな。その現場をたまたま阿比留先生に見られたってだけの話だ」

「え……あ、そういうこと？」

目を白黒させる木場に、俺は力強く頷《うなず》く。

すると木場は盛大に胸をなでおろした。

「そ、そうか……なーんだ！　よかったよかった！　また友達を女に盗《と》られて独りぼっちになるのかと思って、絶望しまくりだったわー！」

木場がすっかり笑顔を取り戻したので、これにてこの話題もおしまい。

普段通りのお気楽な雑談に戻ろう——と思ったのに、

「で、その女子って誰？」

「…………」

木場はなお探りを入れてきた。

「……誰って、それは……」

俺は口ごもってしまう。

別にやましいことはないのだが、犬浦の名前を出すことは憚《はばか》られた。

「……え？　なんで言えないの？　待って待って。なんか怪しいんだけど……？」

「もう。木場《きば》？　あんまり須田《すだ》を困らせちゃダメだよ。誰からどんな相談受けてるかなんて、人に言えるわけないでしょ。プライバシーに関わることなんだから」

桃《もも》、いいこと言った。

そういう理由で犬浦《いぬうら》の名前を出せなかったわけではないが、ここは乗っからせてもらおう。

俺はうんうんそれそれと頷《うなず》く。

「ふーん。そういうもん？　ならいいけど」

木場は釈然としない様子ながらも、追及の手を緩める。

俺はやれやれと胸をなでおろした。

「でもじゃあ須田？　最後に一個だけ質問していい？　――今好きな人とかいないよね？」

「…………」

なんなんだコイツは……。

「彼女とか、作らないよね？」

「…………」

どんだけ俺に彼女できてほしくないんだ……。

「なんで黙るんだよ!?」

そりゃ黙るしかないだろうに。

こんなにも俺に彼女ができることが望まれていないのだ。答えられるわけがない。

「もう。だから木場、別にいいじゃんってば。好きな人がいたって、彼女作ったたって」

「嫌だ嫌だ嫌だ嫌だ！　友達減るの嫌〜〜〜！」

木場の取り乱しようがピークに達したところでチャイムが鳴り、教室の扉がガラリと開く。

入ってきたのは、阿比留《あびる》先生だ。

「はいみんなおはよー。ホームルーム始めるよー。木場、朝からうるさい黙って席つけー」

「アンタのせいで騒いでるんだよこっちは！」

まったくだ。阿比留先生が木場に余計なことを言ったばっかりに……。

俺も恨みがましい視線を阿比留先生に送っておいたが、そんなものはどこ吹く風で、ホームルームが始まるのだった。


木場の追及をのらりくらり躱《かわ》し続け、さすがにほとぼりも冷めてきた昼休み。

俺と木場と桃の三人で、廊下で雑談していたときだった。

「――お、桃じゃーん！」

「――あ〜ホントだぁ〜、桃だぁ〜。わぁ〜い」

不意に呼びかけられて、俺たち三人はぎょっとしながら声の方を振り向く。

廊下の向こうから、一際派手な出で立ちの女子二人が、笑顔でやってくるではないか。

「あ……秋津《あきつ》さんに、白瀬《しらせ》さん……」

口元を引きつらせながら、桃《もも》がその名を口にする。

校内でも有名な黒ギャル白ギャル、一年C組の秋津と白瀬だ。

この二人、何を隠そう桃の大ファンである。

しかしただのファンであったならば、桃もここまで緊張しない。

桃が――そして俺と木場《きば》までが身構えてしまうのにも理由がある。

「よっすー、桃。なんか久しぶりじゃね？　元気してた？　背伸びた？　って伸びてねえか！

相変わらずちっこいまんまだな」

秋津は気さくに話しながら、平然と桃と肩を組み、身体《からだ》を密着させる。

そして桃の首筋をじっとり凝視《ぎょうし》し、妖しげに目を光らせた。

「……けどそこがいいんだよなぁ……なにこのほっそりした身体……たまんねえわ……」

「――――」

肉食動物に捕まった草食動物のように、桃は言葉を失い身を強張《こわば》らせる。

「あ～あ～、秋津ってばすぐ変な目で桃を見る～。桃、固まっちゃったよ？　かわいそお～」

そんな桃を見かねたかのように、白瀬もまた桃に歩み寄っていく。

秋津を引き離してくれるのかな？　と思いきや、白瀬も白瀬で桃の頰《ほお》を両手で包み込んだ。

「桃、大丈夫～？　怖くないからね～？　……緊張しないでね～。優しくしてあげるからね～」

「――――」

そしてやたら甘ったるい声音と表情と指使いで、桃に絡んでいく。

その様は、獲物に絡みつくヘビを彷彿《ほうふつ》とさせ、桃は身じろぎ一つできない。

これが、秋津と白瀬に警戒する理由だ。

この二人、桃のファンを公言して憚《はばか》らないどころか、アプローチの仕方が異様に露骨で、かつボディタッチが過剰なのだ。

「ちょ、おいこら！　セクハラビッチーズ！　桃から離れろ！　桃が嫌がってんだろ！」

そしていよいよしびれを切らした木場が、秋津と白瀬に食ってかかる。

すると秋津は、わざとらしくしょんぼり。

「え、嫌なん……？　桃、あたしらのこと嫌い……？」

「……え、あ、う、……その、別に、嫌いってわけじゃないんだけど……その……」

見え見えな秋津の芝居だが、桃は秋津を気遣ってしまい、拒絶しきれない。

「聞～～い～～た～～～？　桃、別に私たちのこと嫌いじゃないってぇ～～～」

そこに付け入り、木場を挑発する白瀬だが、木場も黙っていない。

「桃は優しいからそんな聞かれ方されたらそう答えちゃうんです～！　明らかに嫌がってるの、見てわかんないですかね～!?　てか、え、知らないの？　桃が好きな漫画とかアニメのヒロイン、みんな黒髪ロングの清楚《せいそ》系だから。黒髪ロングにはちゃんとデュフデュフ言うから。

逆にお前らみたいなのはタイプじゃねえよ、ざまぁみろバーカ！」

「はぁぁぁあ!?」

「木《き》～場《ば》～マ～ジ～ウ～ザ～イ～」

「ちょ、木場!?　ぼくにまで流れ弾来てるんだけど!?」

最終的には桃《もも》のフェチまで暴露されてしまい、場は騒然。四者の間で罵詈雑言《ばりぞうごん》が飛び交う。

実は俺たちと白瀬《しらせ》秋津《あきつ》ペアはとかく折り合いが悪く、鉢合わせになると大体こんな有様だ。

そしてこの小競り合いが起きるたびに、俺は地味にストレスを感じている。

それはもちろん、単に争いごとが嫌だというのもあるし……それに何より、秋津と白瀬は、彼女の友達だから――。

「――秋津、白瀬、何してんの？」

彼女の顔が思い浮かんだ、まさにその時。横合いから呼びかけられる。

ハッとして声の方を振り向けば、廊下の向こうから彼女が――犬浦《いぬうら》がやって来た。

「や、久々に桃を捕まえたからスキンシップとってんの。――あ、そだ桃、写真も撮ろうぜ写真～」

秋津は犬浦に返事をしつつ、スマホを取り出して自撮りの体勢に入る。白瀬も桃に身体《からだ》を寄

せて、桃《もも》を挟み込むような形だ。

「犬浦《いぬうら》も入れば？」

シャッターを押す寸前、秋津《あきつ》が犬浦を誘う。

しかし犬浦は、「ん、いい」と首を横に振って、秋津に言った。

「それより、あんまり桃くんにだる絡みしないで、早く解放してあげなって」

「わかってるわかってる」

犬浦は二人と違い、桃に入れあげている様子はない。中学時代、犬浦と噂《うわさ》が立った男子はみなイケイケなタイプだったし、桃は犬浦のタイプではないのかもしれない。

……というかそうであってくれ……。桃が犬浦のタイプだとしたら、友達の俺としてはものすごく複雑だ……。

などなど益体《やくたい》もないことを考えていると、ふっと犬浦と目が合った。

「……や」

「ああ」

ぴょこっと手を上げて挨拶《あいさつ》をよこしてくれる犬浦に、俺は相槌《あいづち》を返した。

それは、パシャパシャとシャッター音が鳴り、秋津も白瀬《しらせ》も桃も木場《きば》もスマホに気を取られている間のこと……人知れず、密《ひそ》やかに交わされたやりとりだった。

「オッケー、いいの撮れた。そんじゃね桃、また！」

「ば～いば～い」

「……じゃ」

秋津と白瀬は撮影を終え、桃に別れの言葉を残して去っていく。

犬浦も誰にともなく一言つぶやいて、その後に続いていった。

残されたのはぐったりしている桃と、地団駄を踏む木場、それに、すっかり木偶《でく》の坊と化した俺だ。

「やっと行ったよ……。ちょぉ桃⁉　あれ、お前も悪いからな⁉　お前がもっとガツンと言わないからあいつら付け上がるんだぞ⁉」

「……わかってる……わかってるんだけど、あの二人って圧が強いからどうしても……」

「………………」

俺は日頃から、ストレスには敏感だ。

強いストレスは、コルチゾールというホルモンの分泌量を高めてしまい、筋肉の分解を促してしまう。つまりはボディメイクの大敵なのだ。

ゆえに、秋津と白瀬、桃と木場、この四人の折り合いの悪さは、本当に悩みのタネだ。

犬浦との関係性が微妙にいい感じの今だからこそ、強いストレスを覚えるのだ。

前々から、『ちょっとこれビミョーだな……』って思ってたけど、今日はいよいよ『あ、これマズイやつかも』って思い知らされた。

秋津《あきつ》と白瀬《しらせ》、桃《もも》くんと木場《きば》の関係の話だ。

秋津と白瀬は、桃くんのことが大好きだ。大好きっていうか、なんかもう下心丸出しで狙ってる感じ。

それが秋津と白瀬らしくはあるんだけど、問題は桃くんに迷惑がられてること。それに、木場からも露骨に嫌われちゃってること。

これがわたし的には大問題。だってその二人は、須田《すだ》の一番の友達だから。

わたしは桃くんには妙な絡み方はしないけど、それでも多分、秋津と白瀬の友達ってことで、桃くんと木場から良く思われてないと思う。

好きな人の友達から良く思われてないって、これ多分ほんとにマズイやつ。

だから、なんとか秋津と白瀬には、桃くんと木場とうまいことやってほしい。

心の底から切実に、そう思ってる。

なのに……。

「やー、桃ってほんといいニオイするよな。お持ち帰りしてぇ」

「ほんとそれ～。でも初めてが秋津だと桃がトラウマになっちゃうかもだから、私が先ね～？」

思わず教室を見回して、誰かに聞かれてないか確認しちゃうくらい最低な発言を、秋津と白瀬は和気あいあいと口にする。

ほんともう、そういうとこだかんね……？　桃くんと木場に嫌がられてんの……。

これまでは須田と疎遠《そえん》だったたから、うざ絡みしちゃってごめんって思いつつスルーしちゃってたけど……今や須田は、わたしを陰で支えてくれてるパーソナルトレーナーだ。

……だって、さっきの挨拶《あいさつ》見た？　みんなにバレないようにこっそりしたの！　秘密を共有してる感満載じゃない⁉　超きゅんきゅんくる間柄なんですけど⁉

となるといい加減、秋津と白瀬の問題には向き合わなくちゃダメだと思う。放っておくと、たぶん厄介《やっかい》なことになる。

なのでわたしは意を決して、それとなーく二人に口出ししてみることにした。

「……桃くんのこと好きなのはわかるけどさ、あんまだる絡みすると嫌われちゃうよ？」

「え～？　別に平気っしょ。純情ボーイだけど桃だって男なんだし。こんないい女に言い寄られて悪い気はしてないはず」

「そうかなぁ」

これまでもその、超肉食系スタイルで数々のお目当て男子を射止めてきた秋津だ。成功体験を重ねてるだけに、今のアプローチにも疑問を持っていないみたい。

……そしてわたしのほうは男の子を射止めた経験なんてゼロなので、秋津にそう言われてしまうと何も言い返せない。

早くも秋津《あきつ》たちの説得に躓《つまず》いていると、秋津が意味ありげに身を乗り出してくる。

「……どした犬浦《いぬうら》、今日はやけに桃《もも》の心配すんじゃん。さっきもなんか、『桃くん解放したげな～』とか言って桃のことかばってたし……。なに、ついに犬浦も桃の魅力に気づいちゃった⁉　食いたくなってきちゃった⁉」

「ち、ちちちちがうし！」

秋津のこの手の誤解は早め早めに潰《つぶ》しておかないと、あとあと面倒なことになる。柳橋《やなはし》くんの一件がいい例だ。だからわたしは必死に否定する。

「いやー！　この反応はビンゴだろ！　なぁ白瀬《しらせ》⁉」

「ん～？　ん～……」

「ちがうってば！　常識的な話として、あんまり迷惑かけちゃダメじゃない？　ってこと」

秋津は一人で盛り上がるけど、白瀬は同調してくれないし、わたしも粘り強く言い聞かせる。

そしたら秋津は白けたように口を尖《とが》らせた。

「……んだよー。つまんねえこと言うなよな。犬浦まで桃のガードに回らないでくれよ。木《き》場《ば》じゃあるまいし」

「木場マジうざ～い。マジ嫌～い」

「それな。桃もなんであんなのと友達やってんだよなぁ？　あいつのせいで桃にアプローチかけにくいわ」

そして話題は木場へと移る。とりあえず、わたしが桃くんに気があるなんていうとんでもない誤解は解けたようで一安心。

そんな誤解が、万が一でも須田《すだ》の耳に入ったら最悪だもんね……。

それで須田が無駄に気を利かせちゃって、わたしと桃くんをくっつけようとかさ、そういうムーブされてみ？　マジのガチで泣く。

けれど、ホッとしたのも束の間。

「ね〜？　もっと女っ気のある感じのさ〜あ、話がわかる男の子と仲良ければさ〜あ、いい感じで桃と繋《つな》いでくれるのにね〜。……で、須田にはその役目は期待できそうにないし〜」

「………………」

白瀬から須田の名前が出てきて、わたしは息を潜める。

「あー、あいつはなぁ……なんかもう何考えてっかわかんねえもんな。表情なさすぎだし」

「ね〜。ほんと謎〜。っていうか不気味〜？　いっつも桃と木場の後ろでぬぼーって突っ立って」

「……そうかな？」

むしろあの、桃と木場にそれとなく連れ添ってる感じ、わたし的には護衛とかＳＰってイメージがあってツボなんだけど。

「いや、あいつは結構謎だし不気味系だろ。テンションも低いし。シンプルに暗いし」

「それね～。ガタイはいいけど、桃《もも》の取り巻きならもっとイケイケなほうがいいよね～」

「……あれはあれで落ち着いてていいと思うけど？」

は？　イケイケな須田《すだ》とか絶対嫌なんだけど？　わかってなさすぎじゃない？　須田の魅力はあの落ち着いた佇《たたず》まい、冷静沈着さ、〝武士み〟にあるわけで、イケイケ感とかマジで一ミリも求めてないからね？

「つーか須田って何部？」

「ラグビー部とか柔道部じゃな～い？」

「いや、須田は帰宅部でしょ。体格が良いのも、趣味が筋トレっていうだけで」

「あ、そうなん？　……ぶふっ。須田、あんななんか暗いのに、筋トレが趣味なのか。ウケんな。マッチョってもっと豪快っつーか、バカ明るいイメージだわ」

「ね～。鏡の前でポーズとか決めちゃう感じなのかな～？　意外とナルシストだったり～？」

「くっくっく、めっちゃちっちゃいビキニパンツはいてな」

「肌もこんがり焼いて、テカテカにしちゃったりしてね～」

「「ウケるー！」」

「……うん、え、別によくない？　わたしたちだって自分の体型に気を遣ってるし、鏡の前でボディラインのチェックしたりとか普通にしてない？　それと一緒な気がするけど。自分で自分の体を気にかけるのって女の子も男の子も関係ないしさ、中学時代の須田を知ってるわたしからするとマジであの体格は努力の結晶って感じするしそこは素直に尊敬するとこなんじゃないかな」

「「…………」」


場の空気が、凍りついた。

秋津《あきつ》と白瀬《しらせ》が、変な目でわたしを見る。

「――……あ」

それでわたしも、はっと我に返った。

秋津も白瀬もほんのおふざけ、ノリでしゃべってただけなんだと思う。本気で馬鹿にしてるわけじゃない。それはわかってた。

わかってたんだけど、それでも須田がネタにされるのは、なんかちょっとだけ悔しかった。

特に、須田のあの体型は――ボディメイクは、須田がとても大事にしているものだから、それをイジられたのにはどうしてもイラッとしちゃった。

それで気づけばわたしは、めっちゃ早口で二人に反論していた。

秋津が戸惑いながら口を開く。

「……犬浦《いぬうら》、さっきからどした？」

「え、え、な、なにが？」

「いやお前、さっきからめっちゃ須田《すだ》の肩持つじゃん」

「そ、そんなことないけど？　全然。普通じゃない？」

わたしはしらばっくれてみるけど、さすがにごまかしきれない。

「いやいやいや、全然普通じゃなかったろ。なぁ？」

「うん。だね～」

「…………っ」

白瀬《しらせ》も同調して、秋津《あきつ》と一緒に疑いの目を向けてくる。

あ、マズイ。

これもしかして、バレた？

「犬浦、まさかお前……」

「!?　～～っ！」

ヤバイヤバイヤバイヤバイ！　絶対バレた！

わたしが須田のことを好きだってことが！

テンパるわたしに、秋津は真顔で言う。

「須田が同中《おなちゆう》だから、仲間意識みたいなの持っちゃってる……？」

「…………」

思ってたのとちがう解釈を、秋津はしてくれたみたい。

秋津の隣で、どういう意味合いかはわからないけど白瀬が小さくため息をつく。

そしてわたしは一瞬言葉をつまらせたけど、

「……うん。かも」

そういうことにしておいた。

「やっぱかぁ〜！　同中ってだけでそこまでかばってやるなんて、お前ほんと義理堅いよな」

「あはは。か、かなぁ？」

秋津、ギャルなうえにちょっとヤンキー入ってて義理とか人情とか好きだから、妙に嬉しそうだ。

ともあれごまかせたならよかった。

「わかったわかった。同中の仲間のことをイジって悪かったよ。まぁでもあたしらも本気で須田のこと悪く思ってるわけじゃないから。な？」

「ん〜？　ん〜……そうだね〜。木場《きば》のことは真面目《まじめ》に嫌ってるけど、須田は別にかな〜」

「だよな。木場はガチだけど須田は別にだよな」

「そう？」

やっぱり、須田に対して本当に悪い印象を持ってるわけじゃないらしい。

それが聞けたのは素直に嬉しい。

だって秋津《あきつ》も白瀬《しらせ》も、困ったところはあったりするけど、わたしの大事な友達だ。

だから、できれば二人にも、わたしが好きな須田《すだ》のことを好きであってほしい。

もちろんこんなの、わたしのわがままに過ぎないけど……言うだけ言ってみる。

「……な、ならさ、須田とは仲良くしとけばいいんじゃないかな。そしたら桃《もも》くんとも仲良くなりやすいんじゃない?」

桃くんをダシにするのはちょっとズルいかもだけど、実際ほんとにそうだと思うし、秋津と白瀬にとっても悪い話じゃないはず。

そしたら秋津はこの提案に興味を持ってくれたみたいで、前のめりになった。

「あー。外堀から埋めてく作戦か。……っていうと? まず須田におっぱい揉《も》ませるってことか?」

前のめりすぎて、とんでもないことを言い出した。

「!? な、ち、ちがうちがうちがう! ダメだからそんなの! 絶対ダメ!」

〝仲良く〟の方法が肉食すぎる!

秋津が須田に色仕掛けをする!? それ最悪! 想像するのも嫌!

「ま、だよな。須田、ちょっと触らせてやっただけで本気になりそうでめんどくせえし」

「そういうことでもないけど、とにかくダメだからね! もう、ほんと秋津サイテー!」

わたしが叱ると、これまで静かだった白瀬もため息をついた。

「……だね～。秋津って、ほんとバカだよね～」

「いやなんでお前にまで言われなきゃなんねえんだよ」

それから白瀬と秋津の言い合いが始まって、ようやく今度こそ話題が須田たちから逸《そ》れる。

そのことにわたしは一安心したけれど、モヤモヤしたものが胸に残る。

この問題にはいつか向き合わなくちゃいけないだろうなって、薄々は思ってた。

わたしの都合ではあるけどさ、秋津と白瀬、須田たちのグループと仲良くしてほしいな。

じゃないとやっぱり、わたしもなんとなくさ、須田のこと、二人に打ち明けづらいから……。


「もー！　ほんとなんなのあいつら！　やばくない!?　性欲ダダ漏れじゃない!?　男が同じことしたら一発アウトのセクハラ案件なのに、女だとアリなの!?　ズルくない!?」

秋津と白瀬から襲撃を受けたあと、俺たちは逃げるようにして自分たちの教室へと戻った。

木場《きば》が真っ先に不服の声を上げ、ぐったりしながら桃も続く。

「なんか、すごいよね……。普通に声をかけてきたり、こっそり写真撮ってくる女子とかはたまにいるけどさ……あんな真正面からグイグイくる人って、今までいなかったよ……」

桃《もも》は美少年なだけあって、モテる。女子からアプローチされることも珍しくない。

しかしそんな桃をもってしても、あの二人はイレギュラーな存在で、気力と体力をごっそり奪われてしまうようだ。

「正直ぼく、あの二人のこと、ちょっと怖いんだ……」

まぁ、そうだよな……。

秋津《あきつ》も白瀬《しらせ》もルックス自体は非常にいい。とはいえあんな風に、恥じらいも何もなく詰め寄られると、嬉しさなんかよりも恐怖が先立ってしまう。

秋津と白瀬は犬浦《いぬうら》の友達なので、仲良くやってほしいところなのだが……。

とか考えていた、その時である。

「犬浦も犬浦でタチ悪いしな！」

「………」

不意に木場《きば》が犬浦の名前を出してきて、俺は固唾《かたず》を呑《の》んだ。

「え、犬浦さん？　なんで？　犬浦さんはぼくになにも言ってこないし、してこないよ？　むしろ助けてくれてるような」

桃のほうはキョトンとして、むしろ犬浦の擁護《ようご》に回ってくれる。

しかし、木場の犬浦批判は止まらない。

「いやだってなんかさー！　あいつ、いっつも一歩下がって見てない!?　それで口先だけで

『やめな～？　桃がかわいそ～だよ～』みたいなことを取ってつけたように言ってさー！」

「えー？」

「…………」

人によって捉《とら》え方はこうもちがうものか。俺からすると犬浦は、ただただ秋津と白瀬の暴走にブレーキをかけてくれているように見える。

しかし、木場にはそうは見えていないらしい。

「あれ、本気で桃のことを心配してるわけじゃないだろ。『わたしは止めたからね～？』って予防線張ってるだけじゃね？」

「…………」

俺はじっと、木場の言葉に耳を傾け、思考を巡らせる。

心情としては、俺は犬浦を擁護したい。木場のそれは穿《うが》った見方だと反論したい。

犬浦のことを知らない木場に、彼女の良いところを、魅力を、釈明したい。

そんな衝動に駆られる一方で、俺の中の理性が囁《ささや》くのだ。

じゃあ、そういうお前は、本当に犬浦のことを知っているのかと。

『恋は盲目』と古くから言うが、お前が抱いている犬浦像こそ、贔屓目《ひいき》ではないのかと。

そんな自問に、俺は何も言い返せない。

俺が好きな犬浦はきっと、犬浦藍那《あいな》という女の子の、ほんの一側面でしかない。

そんな俺が口にする犬浦擁護《いぬうらようご》は、果たして正しいのだろうか。

もしかしたら木場《きば》のほうが、犬浦藍那《あいな》を正しく捉《とら》えられているかもしれないではないか。

反論に足るだけの説得力も、妥当性も、俺は持ち合わせていない。

だから――、

「予防線張って、自分の手は汚さないようにって、そういう立ち回りをするやつが一番ずるいわ！」

「犬浦はそんなやつじゃないぞ、木場」

俺が口を挟むべきことじゃない――理性ではそうわかっていたはずなのに、俺は木場に反論していた。

理性を、好きという感情が上回った。

「へ？」と木場が気の抜けた声を上げた。

「須田《すだ》……？」と桃《もも》も訝《いぶか》しげな眼差《まなざ》しを向けてくる。

いささか俺も語気が荒くなってしまい、変な空気になってしまった。

なので、咳払《せきばら》いをして気を取り直しつつ、木場に訴えかける。

「いや、その、なんだ。別に犬浦の何を知ってるというわけでもないんだが……あいつはそんな、姑息《こそく》な立ち回りをするようなやつじゃないと思うぞ」

俺は犬浦のことを知らない。全然なにもわかってない。

けれど、それでも確信を持って言えることはある。

犬浦藍那を表す気質に、『姑息』の二文字は存在しない。

そこまで言うと、ふと木場が片眉《かたまゆ》を上げた。

「……あれ？　須田って犬浦と仲良かったっけ？」

俺ははっと息を呑《の》む。しまった。つい犬浦擁護に熱が入って、木場に訝しがられている。

「え、あ、いや、別に仲がいいとかそういうわけでは……」

俺は慌ててごまかそうとするが、いい言い訳が見つからない。

それでへどもどしていると、横合いからそっと、桃が口添えしてくれた。

「たしか同中《おなちゅう》でしょ？　須田と犬浦さんって」

「え、ああ。だな」

俺が頷《うなず》くと、木場は合点がいったようにつぶやいた。

「あ、そっか。なんかそんなこと前に聞いたな……」

普段、俺たちの間で犬浦の話題が出ることはない。なので失念していたらしいが、一応俺と犬浦が同じ中学出身という話は、以前したことがある。

そして木場はそれを思い出したようだ。

わなわなと震えだし、涙目で俺にすがりついてきた。

「友達の知り合いをディスるとか、今の俺、めっちゃ嫌なやつじゃん～！　ごめんよ～！」

「……あ、いや、別にいい。気にしてない。桃《もも》を思っての発言だってことはわかってるしな」

そもそも木場《きば》がこれほどまでに犬浦《いぬうら》たちのグループをくさしたのは、桃が迷惑がっているからだ。いわば友達思いの裏返しだ。なのにそれを、どうして諌《いさ》められよう。

「～っ！　須田《すだ》、お前ってやつは～！　俺は、お前と友達になれたことを誇りに思う！」

「大袈裟《おおげさ》な」

「いいや！　大袈裟なんかじゃない！　お前は最高の男友達だ！　……だからこそ、ますます彼女とか作ってほしくなくなったなぁ……」

「おい」

不穏なセリフが聞こえたのは気がかりだが、俺はこれを好機と捉《とら》えて、付け加える。

「ともかくまぁ、犬浦はそう悪いやつではないし、秋津《あきつ》や白瀬《しらせ》だって、きちんと話せば案外気の合う相手かもしれないぞ。だからその、あんまり毛嫌いしなくてもいいんじゃないか？」

半ばどさくさ紛れだが、犬浦グループとの友好関係を促してみる。

木場のことだ。この流れなら首を縦に振るかもしれない。

そう期待したが、さすがに甘い考えだったようで、

「えー？　いやそれはまた話が別のような……」

やっぱり木場は難色を示す。

ただ、

「……うん。だよね。須田の言う通りだ。ぼくは頑張ってみるよ。あんな風に、ぼくが一方的におもちゃにされるような感じじゃなくて、ちゃんと対等に秋津さんと白瀬さんと話せるようになってみる」

なんと、桃のほうが前向きな姿勢を見せてくれた。

これには俺も驚いたし、木場も目を剝《む》く。

「なんでぇ!?　そんな必要ないでしょ！　徹底的に逃げてシカトして通報すればいいじゃん！」

「そういう対処もあるかもだけど、ぼくだって男だからね。ああいう人たち相手でも、ピシッとしてられるようになりたいんだよ」

「『ビシッと』って、あの二人がナメたこと言ってきたらビンタで黙らせるとか？　いいね！　それなら協力する！　俺があいつらを羽交《はが》い締《じ》めにしとくから、その間に桃、引っ叩《ぱた》け」

「全然そういうの望んでないから。もっと穏当にいくから」

「…………」

桃が犬浦グループに歩み寄ろうとしてくれるのは大変喜ばしい。

一方で、やはり木場のほうは拒絶反応が根強い。

様々な思惑の絡む人間関係、スッキリ丸く収めるというのも難しいものである。

ストレスコントロールには人一倍気を遣っている俺だが、このもどかしさ――このストレスとだけは、もう少し付き合わざるをえないのかもしれない。


夕食を終えて、腹筋をいじめ、入浴を済ませると二十一時。

数学の宿題が残っていたので勉強机に向かっていると、スマホが鳴った。

ラインの通知音で、見てみれば相手は犬浦《いぬうら》である。

『おつー！　今日一日に食べたもの、チェックお願いしまーす』

もはや日課となった、犬浦の一日の食事メニューの報告だ。朝昼晩で何を食べたか、食事内容が羅列《られつ》されている。

それに目を通して、俺はすぐさま返信した。

『問題ない。ご苦労さん』

するとすぐに既読がついて、追送されてくる。

『ありがとうございまーす！』

「…………」

俺と犬浦のラインのやりとりは、必要最低限だし、非常に簡素で事務的だ。

それでも、犬浦とラインをしていること自体に気持ちが浮かれてしまっている。

我ながら小っ恥ずかしい行動だが、ただただ食事内容を羅列しているだけなのに、ついつい遡《さかのぼ》って読み返してしまったりする。

今も半ば無意識的にスワイプしてしまいそうになるのを我慢して、スマホを置いた。

すると再び、スマホが鳴った。犬浦からのラインだ。いつもなら食事内容の報告があって、それに返事をして終わりなのだが……一体なんだろうか。

『それと、今日の昼休みはごめんね』

普段の犬浦のラインは、絵文字やスタンプが多用されていて、明るく賑やかな印象だ。

しかし今しがた送られてきたその一文は、絵文字も何もない。

画面越しに、申し訳なさそうにしている犬浦が見えるようだ。

『なにがだ？』

『ほら、秋津《あきつ》と白瀬《しらせ》がさ、須田《すだ》たちにだる絡みしちゃってさ』

そして何の話かと思えば、そのことか。

『犬浦が気にすることでも、謝ることでもないと思うが』

理屈から言ってしまえば、あれは秋津と白瀬、そして桃《もも》と木場《きば》の問題なので、犬浦が――ましてや俺に謝罪する筋合いなど微塵《みじん》もない。

だから俺は、建前的にそう返したのだが、犬浦もすぐさま返してきた。

『そうかもだけど、あの二人の友達としてはさ、やっぱ一言くらい謝っとこうかなって』

「…………」

犬浦《いぬうら》のその言葉に、俺は内心で同意した。

まぁ、そうだよな。お互いの友達同士がいがみ合っているのはやはり気まずいものだ。

俺だって、木場《きば》が秋津《あきつ》と白瀬《しらせ》に嚙《か》みついてすまんという気持ちが、心の片隅にある。

では、なんと言葉をかけようか。しばし悩んだ末、俺はスマホに指を滑らせた。

『コルチゾールというホルモンを知っているか？』

『えー知らない！　でもわたしホルモン大好きだよ！　ダイエット終わったら食べたいー。鍋も美味《おい》しくなってくる季節だし！』

キラキラとした絵文字がてんこ盛りの返信である。

画面越しに、犬浦の笑顔が見えるようで微笑《ほほえ》ましいのだが……俺は訂正を入れた。

『そっちのホルモンではなく、男性ホルモンとか女性ホルモンとかのほうのホルモンだ』

既読はすぐについた。

が、返信はやや時間を置いてから来た。

『恥　死　コロシテ……』

いいんだ犬浦、そういう誤解をするのもお前の魅力だ犬浦。かわいいぞ犬浦。

俺は何事もなかったかのように、コルチゾールを解説する。

『人体は過度のストレスを受けると、コルチゾールを分泌する。すると脂肪が燃えにくい体質になってしまうんだ』

『え、なにそれ。そのホルモン嫌い……』

『ああ。すなわち、ストレスはダイエットの大敵というわけだ。だから、ダイエットのためにも昼休みのことは気にしない方がいい』

それは犬浦のパーソナルトレーナーとして、今の俺に送ることができるもっとも建設的で合理的な助言だった。

これに既読はすぐについた。そして少しの間を置いて、立て続けに返事が送られてくる。

『そっか』

『わかった！』

『昼休みのことは気にしないようにする！　ダイエットのためにも！笑』

犬浦の返事には笑が添えられていた。

多少は気まずさを和らげることができた模様だ。

ただ、ついボディメイクにからめる論法を展開させたが、少々回りくどくはなかったろうか。

もっと明瞭に、簡潔に、犬浦を安心させられる言葉があったのではないだろうか。

そう自問していると、不意に犬浦の方から、追加で送られてきた。

『あ、でも、一個だけ言わせて！』

『あのね、秋津と白瀬、困ったところもあるけどいい子なんだ。だからその、あんまり悪く思わないであげてほしいかな』

「………」

パーソナルトレーナーとして助言をしたのは、見当外れだったかもしれない。

お互いの友達同士が揉《も》めている気まずさは、たぶんそういうことでは払拭《ふっしょく》しきれない。

ではどうすればいいかといえば、犬浦《いぬうら》のそのラインこそが答えだ。

だから俺も、すぐさま立て続けに返信する。

『わかってる。犬浦の友達だ。いいやつに決まってる』

『俺も言わせてくれ。秋津《あきつ》たちとの折り合いは悪いが、桃《もも》もああ見えて男気のあるやつだし、木場《きば》も友達思いのやつなんだ』

こんな気まずい状況だからこそ自分の友達のことを知ってほしい——そんな犬浦の素直な気持ちが、俺の心を解きほぐした。

だから俺も同じように、思いの丈をぶつけた。

パーソナルトレーナーとしてではなく、須田孝士《すだこうし》個人としての思いの丈を。

すると、

『わかってるよー！　須田の友達だもん！　自分があるんだよね！　だからこそ、ああやってぶつかっちゃうこともあるよね！』

犬浦はそう言ってくれた。

単純に、桃と木場に好意的な反応を示してくれたことも嬉しかった。

それに何より、うぬぼれかもしれないが、俺自身も『自分がある』と認めてくれているかのような物言いが、胸に響いた。

犬浦のような芯の強い人物に、『自分がある』と言われるのは、この上ない誉《ほま》れだ。

『話聞いてくれてありがとね！　ストレス吹っ飛んだよ！　それじゃおやすみ！』

そして猫がベッドに入っているスタンプが送られてくる。

こんなにもポンポンとラインを送り合い、ダイエットとは関係ないことまで話したのは初めてだ。正直、名残《なごり》惜しさがあるが、俺もまた締めに入る。

『ああ。おやすみ。ダイエットには睡眠も大事だ。ぐっすり寝てくれ』

「…………」

そう文面を打ち込んでから、ふと思い直して、一文だけ削って送信した。

『ああ。おやすみ。ぐっすり寝てくれ』

すぐに既読がついたのを見届けて、俺はスマホを置いた。

ふっと心が軽くなる。

『ありがとう』も、『ストレス吹っ飛んだ！』も、こちらのセリフだ。

犬浦のおかげで、俺はしばらくの間、コルチゾールに怯《おび》える必要もなさそうだ。

須田《すだ》とのラインはいつもあっさりだ。

わたしが一日の食事メニューを送って、須田がそれにOK出して、それでおしまい。

他になんかあったとしても、たまにダイエット関係のアドバイスとか豆知識を教えてくれるくらい。本当に、パーソナルトレーナーと生徒の間のやりとりって感じ。

最初はそれだけでも嬉しかったけど、やっぱりわたし、少しずつ欲張りになってるみたい。

ダイエットももちろん大事で、真剣にやってるけど、須田に近づきたいって気持ちが日に日に強くなっていってる。

須田に彼女がいないってわかってからは、特に……。

そういうのもあったし、ちょうど須田には伝えておきたいこともあったしで、わたしは思い切ってラインしてみた。

昼休みのこと、秋津《あきつ》と白瀬《しらせ》のこと、ごめんなさいって。

そしたら須田、「ダイエットのためにも昼休みのことは気にしない方がいい」だって。

「ストレスはダイエットの大敵《たいてき》だから」って。

そういう言い回しがやっぱり、パーソナルトレーナーって感じ。

パーソナルトレーナーとしての役割を須田にお願いしてるのはわたしなんだから、身勝手なのはわかってる。須田を責めるつもりもこれっぽっちもない。だけどやっぱり気持ち的には、須田のその〝お仕事感〟に、ちょっとだけがっかりしちゃった。もどかしかった。

けど、そのあとに嬉しいサプライズが待ってた。

秋津と白瀬のことを謝るだけじゃなくて、悪い子じゃないんだよってわかってほしくて、わたしが最後に一言言ったら、須田はこう返してくれた。

『わかってる。犬浦《いぬうら》の友達だ。いいやつに決まってる』

その返事から先はもう、パーソナルトレーナーと生徒のやりとりじゃなかった。ちゃんと、わたしと須田のやりとりになってた。

だって「わたしの友達だからいいやつに決まってる」だなんて、それもうわたしのことを「いいやつだ」って褒めてくれてるのと一緒だよね。

そのあと須田も、桃《もも》くんと木場《きば》のことをフォローしようとしててさ、そういうところも、パーソナルトレーナーじゃなくて、須田本人の気持ちだよね。

それを打ち明けてくれたことが嬉しかったし、すごくドキドキした。

ストレスなんて綺麗《きれい》サッパリ吹っ飛んだ。

しかも「おやすみ。ぐっすり寝てくれ」だってさ。

なにこれ、おやすみラインを送り合うとかもうほぼ実質恋人じゃん。君、わたしの彼氏なの？　え、ちがう？　じゃあなっちゃえば？　彼氏に。なってよお願いほんと大好きなので。

ベッドに寝転がって、須田《すだ》とのラインを読み返してニヤニヤしていたら、胸がポカポカしてきて、ほっと落ち着いて、すぐに眠たくなってきた。

須田のおやすみラインの効果ヤバい。アロマとか焚《た》くよりいいんじゃないの。

あぁ、早く明日の朝になって欲しい。須田がいる学校に行きたい。

ふわふわの毛布と須田への想いにくるまって、わたしは眠りに落ちていった。

ep.5　3 on 3　了

ep.6 ネガティブ思考をねじ伏せて

A pure-hearted gal and a clumsy macho are impatiently in love.

昼休み。俺は緊張の足取りで、校舎西側の階段を上っていった。

手にはトートバッグを提げており、中には筋肉弁当が入っている。

階下の喧騒《けんそう》を置き去りにして、屋上の踊り場にまで上がると、無人の空間がそこにある。

屋上への扉は閉鎖されていて出られないから、誰もこんなところに用はないのだ。

しかし、基本的に人気《ひとけ》のない空間だからこそ、特定の需要があるスポットでもある。

その需要とはズバリ、密会だ。

俺は階段に腰掛けて、そわそわしながら待つ。

すると程なくして、階下からペタペタと足音が聞こえてきて、一人の女子がひょっこりと顔を出した。犬浦《いぬうら》である。

犬浦は「や」と軽く手を上げてはにかんだ。

俺は頷《うなず》いて、犬浦に言った。

「二・五キロ減……目標達成率五〇%突破、おめでとう」

「えへへ、ありがと。……須田の手作りお弁当目当てでがんばれました！」

「あんまり期待されても困るんだが……ともあれ精一杯作らせてもらった。早速食べよう」

「うん！」

犬浦《いぬうら》はとびきりの笑顔を浮かべ、軽やかに階段を上がってくるのだった。


『コーチ！　目標達成率五〇％突破しました！』

犬浦からラインでそう報告を受けたのは、一昨日《おととい》のこと。ちょうどダイエット期日が折り返しに差しかかったところである。

進捗は非常に順調で、もとより犬浦とは、目標達成率が五〇％に到達したら俺お手製の筋肉弁当を振る舞う約束をしていた。

そこで早速、低脂質高タンパクなメニューで構成された筋肉弁当を拵《こしら》えてきたというわけだ。

以前のように食堂で食べようかという話も出たが、弁当持ち込みの自分たちが限りある食堂の座席を埋めてしまうのも気が引ける。

ならばということで犬浦から提案されて決まったのが、屋上の踊り場だった。ここなら人目も気にならないし、静かで落ち着いてるしということで。

俺も異存などあるはずなく、かくして密会スポットでのお食事会が催されたのであった。

二人並んで階段に腰掛けて、トートバッグからランチクロスの包みを取り出す。

それを二人の間に置いて、ランチクロスを解いて広げると、中身は大サイズのタッパーが二つと、小サイズのタッパー二つ。

そして持参した紙皿と割り箸《ばし》とウェットティッシュを犬浦に渡し、セッティング完了。

犬浦からのわくわくした視線を感じつつ、俺は大サイズのタッパー二つの蓋《ふた》を開けた。

「——わー！　すっっっご！　美味《おい》しそー！　ちょ、これ撮っていい!?　撮るね!?」

犬浦は大はしゃぎで、スマホでパシャパシャ弁当の写真を撮り出す。

大タッパーの一つはおかずで、中身は鶏《とり》ハム。ブロッコリーの胡麻《ごま》和え。肉なし筑前煮。もう一つは主食となる、玄米おにぎりの詰め合わせだ。ちなみに小タッパー二つはまだ開けていないが、デザートのプロテインゼリーが入っている。

よく作る定番メニューではあるが、今回は犬浦に食べさせるものである。腕によりをかけ、いつも以上に丁寧《ていねい》に下拵《したごしら》えをした。

無論ローファットダイエット中の犬浦が食べても問題ないものだ。

あとは犬浦の口に合うかどうかだが、果たして……。

やがて撮影に満足したか、犬浦はスマホをしまった。

「それじゃ、いい!?」

「ああ」

「いただきます！」

犬浦《いぬうら》は手を合わせて、おかずをひょいひょい紙皿に載せていく。

そしてまじまじと見つめてから、一つ一つ丁寧《ていねい》に口に運んでいった。

そのたびに「わ！」とか「んー！」とか「むおっ⁉」とか声を漏らす。

こちらが固唾《かたず》を呑《の》んで見守っていると、犬浦はもぐもぐもぐしていた口の中身を飲み込んで、高らかに叫んだ。

「なにこれヤッバいマジ美味《おい》しい！　すごい！　なんていうか……ママみたいな味！　うんまー！」

「……そうか。口に合ったなら何よりだ」

〝ママみたいな味〟……独特ではあるが、犬浦の中では高評価を表す賛辞なのだろう。満面の笑みからもそのことがうかがえる。

俺はほっと胸を撫《な》で下ろして、紙皿に自分の分を盛っていった。

そしておかずを咀嚼《そしゃく》して、つい口元がニヤケてしまうのを噛《か》み殺す。

大好きな女の子に自分の手料理をこんなに喜んでもらえるなんて、褒めてもらえるなんて、これほど嬉しいことはない。

「ローファットダイエットがんばって良かった〜！」

口いっぱいにおにぎりを頰張《ほお》って、リスみたいになっている犬浦の姿の、なんと愛くるしいことか。

ベタに口元に米粒をつけているのに気づいたが、指摘するのは食事を終えてからにしよう。

今指摘すれば、犬浦はきっと恥ずかしがって、お行儀の良い食べ方に改めてしまうだろう。

それは不本意だ。

この、夢中になって食べている犬浦の姿こそが、見ていて気持ちが良いのだ。

俺は、一秒でも長くこの時間が続くことを願いながら、食事風景を眺めた。

学校きっての密会スポットで二人きりでいるという状況も相まって、まるで付き合ってるみたいだと、そんな身の程知らずなことを思ってしまった。

❤

「――ハァ～……美味しかったー……お腹《なか》いっぱい……幸せ……」

デザートのプロテインゼリーまできれいに平らげて、わたしは大満足のため息をついた。

須田《すだ》の手作りお弁当は、お世辞抜きで超絶美味しかった。

頭良し、性格良し、体格良し、おまけに料理までできるとか、須田ちょっとハイスペ男子すぎん？

キッチンに立つエプロン姿の須田を妄想して、そこから結婚生活まで妄想を膨らませちゃったりして、わたしはお弁当を食べながらずーっと口元緩みっぱなしだった。

しかもしかもお弁当食べてる場所がさ？　屋上の踊り場だからね？　須田《すだ》が知ってるかどうか知らないけど、ここ、カップルの子たちがイチャつくのによく使うスポットだからね？

須田が食堂は避けたいとか言うから、やっぱ人目とか気になるのかなって思って、じゃあ屋上の踊り場はー？　って提案してみたらほんとにＯＫが出ちゃって。

須田と二人きりでこんな秘密の場所みたいなところで須田の手料理を食べるとか……！

わたしは心の底から須田に言った。

「ありがとうございました！　ごちそうさまでした！」

もうお腹《なか》も胸もいっぱいです！

そしたら須田は「お粗末様だ」ってポーカーフェイスで言って、自分の口元をちょんちょんと指差した。

「ところで犬浦《いぬうら》、米粒がついてる」

「え？　ヴぁ!?　ちょっ、いつから!?　はっず！」

夢見心地でいたのが一瞬で現実に引き戻されて、わたしは大慌てで口元を拭った。

米粒つけて「ごちそうさまでしたー！」とか完全にアホの子じゃん。なんなら一周回って、めちゃくちゃあざとい痛い子ちゃんじゃん！　うわキッツー！

けどわたしがテンパってるのをよそに、須田は穏やかに言う。

「目標達成率五〇%まで来たな。ペースからいっても非常に順調だ。これもひとえに犬浦《いぬうら》の努力の賜物《たまもの》だ。素晴らしいぞ」

急に面と向かって褒められて、わたしは「そ、そう？ えへ、えへへへ」なんてだらしなく笑ってしまう。けど、そうじゃないでしょ。調子に乗るな？ わたし。

「――って、あ、ちがうちがう！ わたしどうこうより須田《すだ》のおかげだから！ 須田のアドバイスとか、こういうご褒美のおかげ！」

ここまでがんばれたのは須田のサポートがあってこそだ。

須田は「そうか」なんて淡白な返事をするだけだけど……君の功績、マジですごいからね？

今でこそ、わたしはローファットダイエットの低脂質メニューにも慣れた。けどそれに慣れるまでの一週間はほんとうに辛《つら》くて、下手《へた》したらダイエットやめてた。

そんなピンチを乗り越えられたのは、ご褒美作戦のおかげだ。

逆に言えば、ご褒美作戦を使えばダイエットも最後まで続けられる気がする。

「だからダイエットが成功したら、甘い物食べに行きたいんだよね。甘い物大好きだけど、ずっと我慢してたから。今度はそれを自分へのご褒美にしようと思って」

わたしが今制限してるのは、脂っこい食べ物だけじゃない。大好物のスイーツも一切食べてない。

脂質の禁断症状ほどではないけど、やっぱり糖分が摂《と》れないのはなかなか辛い。

「ああ、それはいいな。俺もよくやる。ご褒美で摂取する糖分は極上の旨《うま》さだからな」

「うんうん、そうだろうね～！　……って、えっ!?　須田、甘いもの好きなの!?」

「ああ。好きだぞ」

「うっそ！　超意外！」

それこそ今日のお弁当みたいに、須田はストイックな食べ物ばっかり食べてるようなイメージがあった。

それでわたしがびっくりしたら、須田は少しだけ得意げにしゃべりだす。

「元々は生クリームたっぷりのケーキやらお菓子やらも大好物だ。そして食事制限にはメリハリも大事だからな、たまにはそういったものも食べるぞ。絶対的に脂質や糖質を摂取してはならないわけでもないし。重要なのは適切な摂取のタイミングと量だ」

「へえ～」

ボディメイクの話になると須田はよくしゃべる。

それで生返事でぼんやり聞いてたら、

「そもそも和菓子ならローファットダイエット中でも食べられるものが多いしな」

「へえ～。――……今なんて？」

さらっと、しれっと、須田はとんでもないことを言った気がする。

わたしが聞き返すと、須田はやっぱりさらっとしれっととんでもないことを繰り返した。

「ん？　いや、だから和菓子ならローファットダイエット中でも食べられるものが多いと」

「それ早く言ってし！！！」

屋上の踊り場に、わたしの大声が響き渡った。

さすがの須田《すだ》もいつもより大きく目を開けて、頭を下げる。

「……あ、すまん。たしかにそのことは言い忘れてたな」

「え、え、どういうこと!?　和菓子なら食べてもいいの!?　わたしあんみつとか大好きなんだけど！」

「和菓子の中にも脂質の高いものはあるが、あんみつは平気だ」

「……マジか……」

あまりの衝撃に、わたしは動揺する。

パフェとかケーキとかそういう洋菓子系はもちろんだし、和菓子だってきっと食べちゃダメなんだろうって思って、わたしはずっと我慢してきた。

けれど、

「食べていいんだ……ダイエット中でも……つまり今日でも……！」

予想もしてなかったご褒美が突然目の前に差し出されて、理性が弾け飛びそうだ。

「ん、いや、もちろん糖分が高めなのには違いないから、量はきちんとコントロールする必要があるぞ？　それと食べる時間帯にも気を遣えるとなおいいな。三時のおやつとよく言うが、実はダイエット的にも理にかなっている。午後三時というのは、脂肪を溜《た》め込もうとする性質のタンパク質『BMAL1《ビーマルワン》』の働きが低下するから、食べても太りにくい時間帯なんだ」

須田が珍しく焦った様子で、早口で色々言ってくる。

「こいつ、今和菓子食べさせたら暴走するんじゃ……？」ってめちゃくちゃ心配されてるのが丸わかりだ。

けどたしかに我ながら、今この勢いで和菓子に手を出してしまったら、歯止めが利かなくなりそうだ。

だからわたしは一旦《いったん》深呼吸して、食欲を落ち着かせる。そして冷静になってから、泣く泣くだけど宣言した。

「安心して、須田。和菓子もちゃんと、ご褒美として食べるから」

わたしが理性を保ってホッとしたみたいで、須田は「お、おぉ、そうか。それがいいな。うん」って何度も頷《うなず》く。それからふっと考え込んで、わたしに言った。

「とはいえダイエットが終わるまで我慢だと少し先が長いし、ローファットダイエット中でも食べられる甘味であることには違いないんだ。だからそうだな……目標達成率が七五％までいったら、和菓子を自分へのご褒美にすればいいんじゃないか」

須田の提案は、わたしの食欲とダイエットの成功、どっちにも配慮してくれた名案で、

「そうする！」

わたしは俄然《がぜん》前のめりで、次の目標を定めた。

すぐに体重を落として、和菓子食べたるんじゃい！

わたしがメラメラ燃えていると、須田《すだ》がそれを後押しする。

「例の業務用スーパーも和菓子コーナーが充実してるが……せっかくなら甘味処《かんみどころ》へ行くのもいいだろうな。あんみつならK市にいい老舗《しにせ》がある。少し季節外れだが、かき氷ならM町にいい店があるし、都内にまで足を延ばしてもいいならS駅の有名店も美味《うま》い」

「おぉ……！　詳しい！　え、今言ったお店、全部行ったことあるの？」

「ああ」

須田、凝《こ》り性《しょう》だから、美味《おい》しいお店とかを探すのも好きなんだろうな。

そんな須田オススメのお店ならハズレはないだろうし、絶対にそこ行こーって決めたところで、ふと思った。

須田オススメのお店ならさ、須田と一緒に行きたくね？　って。

それが一番のご褒美じゃね？　って。

けど、

「……そしたらそのお店、わたしも行ってみようかなー。せっかくだし」

「……ああ。ぜひ行ってみてくれ」

二人で和菓子を食べに行くなんて、わたしの中では特別なことだ。

そう意識しまくりだから、わたしからは「一緒に行こう」って言い出せない。

だから、ビビリなのも、ズルいのも自覚してるけど、須田の方から誘ってくれないかなって考えちゃう。

「……ねえ、今言ってたお店、名前わかる？　検索してみるー」

「あんみつがK市の『むさし乃《の》』で、かき氷がM町の『みずほ庵《あん》』で――」

お店をスマホで検索してみながら、少しだけ自分の気持ちを匂わせてみる。

「……そこってさ、お一人様でも入りやすそうな感じ？」

「ん……まぁ、俺も行くときは大体一人だし、他のお客さんも一人客が多いし平気だろう」

「へー……そうなんだ。……わたし、実はお一人様でどっか行ったりって、あんましたことないんだよねー」

って、いやいや。これのどこが〝匂わせ〟？

めっちゃ〝誘ってアピール〟しちゃってんじゃん、わたし。

恥ずかしすぎて、スマホから顔を上げられない。

「そうなのか？」

「うん。やっぱちょっと気後れするっていうかさ」

だから一緒に行ってよ。

「へえ」

いや、「へえ」じゃなくてさ、誘ってよ。

「……秋津《あきつ》と白瀬《しらせ》誘っていこうかなー」

「……そうか」

いやだから「そうか」じゃなくて。うそだよ。うそだからね？　いや別にそうしてもいいんだけどさ、わたしは須田《すだ》と行きたいんだよ？

「あ、でもダメだー。あの二人って洋菓子派だからなー」

うわ、カッコわる。みっともな。なにが「洋菓子派だからなー」だし。わざとらしすぎ。でもでもでも、こんだけわざとらしく――わかりやすくアピールしてるんだからさ、そろそろ誘ってくれてもよくない？　ねえ？

そんな風に、もどかさしさと焦れったさが限界にきたところで、

「あ、じゃ、じゃあ……」

須田が、何か言おうとする。

「うん？」

平常心を装うけど、スマホをいじってた指が止まる。顔も上げられないまま、須田の言葉に耳を澄ませる。

「俺と一緒に行くか？」の一言が聞けるんじゃないかって、そんな期待が高まった。

けど、

「――お姉さんと行ったらどうだ？」

「…………」

そんなうまいことといくはずがない。

「俺も以前、妹にせがまれて一緒に行ったことがある。それで奢《おご》らされてな」

「あー……」

勝手に期待して、勝手に落ち込んで、馬鹿みたい。

須田、わたしのアピールに気づいてないの？　どんだけ鈍感？　って、ふてくされそうになるけど、そんな資格、わたしにはない。「一緒に行こう」って言えない自分が悪い。

それにさ、そもそもさ、須田、気づいてないわけでも、鈍感なわけでもないかもじゃん？

ちゃんと気づかれてる上で、かわされてるだけかもしんないじゃん？

そう考えた瞬間、一気に血の気が引いた。

「……そうだね！　それいいかも！　お姉ちゃん誘ってみよー。まぁうちのお姉ちゃんは奢ってくれないだろうけどねー。あはは」

え、待って、わたし須田にウザがられてる？

やんわり拒否られてる？

うそ、待って、無理なんだけど――。

そんな不安を、作り笑顔とペラいトークで覆い隠した。

この場から逃げ出したい――そう思ってたら、タイミングよく予鈴が鳴った。昼休みの終わりだ。

「ありがと！　ダイエット終わったら行ってみるね！　――これ、お弁当箱、わたしが洗って返そうか？」

「いや、いい。大丈夫だ」

「そう？　じゃあ、ありがとね！　ご馳走《ちそう》様でした！　これからもダイエットがんばるね！」

明るく会話を切り上げて、そそくさと屋上の踊り場から退散した。

楽しかったはずなのに、美味《おい》しかったはずなのに、後味はすごく悪かった。


夕ご飯を食べて、お風呂に入って一息ついても、須田《すだ》に拒否られたかもって不安が頭から離れない。

わたしは自分の部屋のテーブルに突っ伏して、アンスタをチェックした。

気晴らしになるかなと思ったけど、気持ちは全然弾まない。

わたしはため息をつきながら、アンスタを閉じてラインを開いた。

気が重いけれど、須田にラインをしなくちゃいけない。

今日一日の食事の内容をずらっと書き並べて、須田に送った。

『今日の食事チェックお願いしまーす』

いつも通りのテンションで、何事もなかった風に。

しばらくしたら、須田から返事が来る。

『問題ない。ご苦労さん』

須田の方もいつも通りで、それがホッとするような、逆に不安を煽《あお》られるような……。

モヤモヤしたまま、スマホを置いた。

それから、三、四十分くらい経《た》った頃、スマホがピコンと鳴った。ラインの通知だ。

なんとなく秋津《あきつ》か白瀬《しらせ》あたりかなーとか思いながらスマホを見たら、また須田からのラインだった。

なんだろと思って開いてみて――わたしは固まった。

『お姉さんにはもう聞いたか？　甘味処《かんみどころ》の件』

「…………」

質問の意味はわかる。けど、なんでそんなこと聞くの？　――それを考え出した途端、ぐでっとしていたわたしの頭が、むくむくと持ち上がっていく。

あれ？　待って？　これってまさか……？　――希望を持てる展開が、うっすらとだけど思い浮かぶ。

待て待て、落ち着け？　ただのぬか喜びかもしれないからまだはしゃぐな？

わたしは一旦《いったん》深呼吸して、慎重に内容を考えて返信する。

『うん。けどなんか、あんまり乗り気じゃないっぽい～』

うそです。お姉ちゃんには聞いてすらないです。そんで聞いたら絶対行きたがると思う。

けれどそういうことにしておいた。

だからまだ一緒に行ってくれる人を探してるよって、そう匂わせてみた。

そしたら、

『もしよければなんだが、一緒に行かないか』


「…………」

自分の目を疑った。

ほぼほぼ妄想に近かった〝理想の展開〟が、本当に来た。

「……え？　ほんとに誘われたんだけど……」

あまりにもあっさりすぎて、現実味がない。

「え、え、え、待って待って、これマジ？　は？　なんで？　なんで？」

嬉しいことなのに、喜ぶべきことなのに、戸惑いのほうが強い。

危うく『なんで？』とか『二人で？』とかって送りそうになって、ギリギリ踏みとどまる。

そんなの送ったら、下手《へた》したらわたしが嫌がってると思われちゃう。

理由なんて何でもいいじゃん。万が一わたしと二人じゃなくて他の誰かがいたとしても、須《す》田《だ》と出かけられるなら全然いいじゃん。

てかもう既読をつけちゃったし、早く返事しないと。

わたしが須田と甘味《かんみ》処《どころ》行くの、めっちゃ迷ってるように思われちゃうじゃん。変な誤解されちゃうじゃん！

わたしは急いで返事を打ち込む。

『え、一緒に行ってくれる!?　嬉しい！』

短い文だけど、送信する前に読み返す。

……これでいいよね？　変じゃないよね!?　須田への気持ちがバレるのも恥ずかしいけど、誘われて喜んでることはちゃんと伝わってるよね!?

色んな思いを詰め込んで、わたしは送信ボタンを押す。

須田からの返信は、数分後に来た。

『そしたら、目標達成率七五％を楽しみにしてる。頑張ろう』

「……あ……うん……がんばる……」

須田《すだ》のラインへの返事は、独り言として無意識に口からこぼれた。

あまりのことに、しばらくぼーっとしてしまう。

須田、甘味処《かんみどころ》一緒に行ってくれるって。

え、え、何着てこ。ヘアカット行っといたほうがいいよね？　ついでにネイルも行っとく？　いやでもバッチリ決めすぎても逆に引かれるかな？　気合い入りすぎてても変か。あぶなっ、浮かれてた。当日気をつけないと。てかそもそも気が早いね？　まずはダイエットをがんばらなきゃじゃん。

……って、え、てかてか、待って待って、これってさ、あれだよね？

ほぼほぼデートの約束だよね？

そう意識した瞬間、

「……〜〜〜っ！」

早くもわたしは緊張し始めて、部屋の中を無意味に歩き出した。


犬浦《いぬうら》との昼食は、最終的には後悔を残す結果となった。

──……そしたらそのお店、わたしも行ってみようかなー。せっかくだし。

俺がおすすめの甘味処を紹介したところ、犬浦は興味津々《しんしん》。スマホでチェックしだした。

この時俺は、とある衝動に駆られていた。

それは、「もしよければ俺と一緒に行かないか？」と誘いたい衝動だ。

その一言を投げかけるチャンスは何度もあった。犬浦は一人で甘味処へ行くことに気後れしていたり、一緒に行く相手を探していたりした。

なのに、俺の口から出たのは、

──お姉さんと行ったらどうだ？

意気地なしにもほどがあるセリフだ。

──俺も以前、妹にせがまれて一緒に行ったことがある。それで奢《おご》らされてな。

心底どうでもいい、余計なエピソードだ。

理由は単純明快。断られることを恐れたのだ。勇気が出なかったのだ。

俺は俺の弱さゆえに、犬浦《いぬうら》を誘う千載一遇《せんざいいちぐう》のチャンスを逃した。

その後悔を、家に帰ってからもずっと引きずっていた。

『今日の食事チェックお願いしまーす』

『問題ない。ご苦労さん』

「……ハァ～」

犬浦から毎日送られてくる、食事内容の報告ライン。

それにいつも通り返信して、俺は深いため息をついた。

あんなにいい雰囲気だったのに、おあつらえ向きのチャンスだったのに、女の子一人デートに誘うことすらできないなんて……。

筋肉がいくらデカくなろうと、未《いま》だメンタルは脆弱《ぜいじゃく》で、勇気も自信も培われていないらしい。

「………………」

ああ、くさくさする。これはよろしくない。

ストレスはボディメイクの大敵だ。ストレスコントロールをしなければ。

そういえば桃《もも》から借りている漫画があった。それで気分転換をするとしよう。

机に積んであった単行本を手に取って、ぼんやりと流し読む。

ジャンルは青春もので、悩める主人公が夢を諦めようとしている。

しかし脇役たちにそれとなく、けれど熱く励まされ、再び立ち上がろうとしていた。

「…………」

そんな一連の流れに感じたのは、面白さよりも、羨《うらや》ましさだった。

漫画やアニメだったら、映画やドラマだったら、主人公が躓《つまず》いたときには決まって、脇役たちが手を差し伸べてくれたりする。

あるいは、背中を押してくれるようなイベントが起こったりする。

そんな、上手《うま》くできてる漫画の世界に、俺は羨ましさを感じてしまったのだ。

だって生憎《あいにく》とここは現実で、そんなに上手いことできていないから……。

だから、現実では、躓いたら自力で立ち上がらなければいけない。

己を鼓舞《こぶ》し、勇気と自信を奮い立たせ、自分で自分の背中を押すしかない。

……けどできるのか？　そんなことが。できなかったから犬浦を誘えなかったんだろ？

——俺の中の弱気で卑屈な部分が、俺自身にそう冷や水を浴びせてくる。

しかし、俺は知っていた。

知識として、自分で自分の背中を押す方法を。

勇気と自信を奮い立たせる方法を。

それはなにかと言えば——そう、筋トレだ。

「…………」

天啓を受けたようになすべきことが明確化して、俺は即座に動き出す。

トレーニングウェアに着替え、パワーベルトを巻く。

そして自室のパワーラックに、一〇〇キロでバーベルをセット。

俺はそれを肩に担ぎ、スクワットを始めた。

深くゆっくりしゃがんでは立ち上がるを、何度も繰り返す。

このスクワットという種目は、とにかくきつい。数ある筋トレの中でも圧倒的に苦しく、足腰や関節への負担も大きいため、メニューに組み込むことを避けるトレーニーもいるくらいだ。

やっていると脚の筋肉がちぎれるんじゃないかという感覚に襲われる。さらには心臓が破裂しそうになるし、肺も酸素を求めて喘《あえ》ぎ出す。

しかし、そんなトレーニングだからこそ大量に分泌されるものがある。

テストステロンだ。

テストステロンとは男性ホルモンの一種で、様々な作用があるのだが、ボディメイクの観点から言えば筋肥大に貢献する非常に重要なホルモンだ。

そしてメンタル面への影響で言えば、気力や活力の増進——すなわち、ポジティブ思考の導入を促す。

つまり筋トレに励んでテストステロンを分泌させればさせるほど、勇気と自信を手に入れられるのだ。

自分で自分の背中を押せるのだ。

「〜〜〜っ！　ずあっ！」

脚が痛い。心臓が苦しい、空気が足りない。汗が吹き出る。喘ぎ声が漏れる——いい感じだ。追い込まれてきた。この辛《つら》さこそがスクワットだ。

この辛さから逃げることなく、果敢に挑み続けてきたんだ。

そうやって隆々たる下半身を作り上げてきたんだ。

つまりこの脚とケツのデカさは、俺自身のハートの強さにほかならない。

……なら、犬浦《いぬうら》を誘うことくらいは朝飯前だろう？

「〜〜〜っ！　しゃあ！　〜〜〜っ！　ぜあっ！」

下半身がガクガクと震え出す。スクワットの一発一発に極限を感じる。

これだけ過酷なトレーニングをこなせる俺が、意気地なしのわけがないだろう。臆病なわけがないだろう。

好きな女の子一人、デートに誘えないわけがないだろう！

根拠なんてない。こんなのは屁理屈で詭弁《きべん》だ。そうだと承知しても、先程まではなかった自信が、腹の底から漲《みなぎ》ってくる。ポジティブ思考がネガティブ思考をねじ伏せていく。

これが、テストステロンだ。

「～～～～～～～～っ！　があああっ！」

吠《ほ》えながら最後の一発を上げ、バーベルをラックに戻す。

「ハァ！　ハァ！　ハァ！」

ガクガク震える膝に手をつき、酸素を求めて息を荒らげる。

乱れた呼吸を整えぬまま、俺はふらふらと机の方へ。

そして置いてあったスマホを引っ摑《つか》み、勢いのままに犬浦《いぬうら》にラインを送った。

『お姉さんにはもう聞いたか？　甘味処《かんみどころ》の件』

スマホを握りしめたまま、呼吸を整えることしばし、犬浦から返信が来る。

『うん。けどなんか、あんまり乗り気じゃないっぽい～』

「！」

なんという幸運か。何度も逃したチャンスが、まだ残ってくれていた。

俺はすぐさま返信する。

『もしよければなんだが、一緒に行かないか』

「ハァ……ハァ……」

送った……送った。送った！　うおおおお！

俺は内心で雄叫《おたけ》びを上げる。

ほどなくして既読もついた。もう後戻りはできない。

落ち着きかけた心臓が再び暴れ出す。

ドクンドクンと脈打って、焦燥感《しょうそうかん》や不安を煽《あお》ってくる。

勢い任せで誘ってしまったが、誘った理由も補足しておいたほうがいいだろうか。

無論、犬浦が好きだからなんて言えるはずもないから、パーソナルトレーナーとしてチェックするためとか、ちょうど俺も行きたいと思ってたとかなんとか、当たり障りのないことを。

しかし既読はわりとすぐについたのに、返事がなかなか来ない。

これはもしや、渋っているのか？　迷惑がられたか？

だとしたら誘った理由なんかよりもむしろ『断りやすい逃げ道』を用意してやったほうが親切なのでは？　『予定とか入れてなければの話だが』とか補足入れとくか？

ていうか俺、また弱気になってるんだが!?　ネガティブ思考が出しゃばってきてるんだが!?

テストステロンのバフ、持続時間短いな！　おい！

などとうろたえていたら、返事は不意に来た。

『え、一緒に行ってくれるの!?　嬉しい！』

「…………」

前向きな返事が来た。

『けど実は予定入れちゃって～』とかその後に続くかなと思ったが、それも来ない。

なので、

『そしたら、目標達成率七五%を楽しみにしてる。頑張ろう』

そう送り返して、犬浦《いぬうら》からOKサインのスタンプが来たことで、犬浦とのお出かけが確定したのだった。

「…………」

犬浦とのやりとりを終えて、俺は天井を仰《あお》いだ。

そしてしばし呆然《ぼうぜん》としたあと、筋トレに感謝した。

筋トレやっててよかった。

筋トレさえあれば、素敵な仲間がいなくとも、特別なイベントが起こらなくとも、自分で自分の背中を押せるのだから。

そして、好きな女の子を誘うことだってできるのだから。

筋トレ及びテストステロンの偉大さを改めて実感して、俺は再びスクワットに取りかかるのだった。

犬浦が目標達成率七五%を突破したのは、それから一週間後のことだった。

俺たちはすぐに予定を詰めて、週末に甘味処《かんみどころ》へ行くことになった。

ep.6　ネガティブ思考をねじ伏せて　了

ep.7

ギャルの心と秋の空

土曜日。降水確率〇%の、秋晴れの昼下がり。

絶好のお出かけ日和《びより》とあって、地元の駅前ロータリーは人々の往来で賑わっている。

俺は謎な形をしたオブジェの前で、そわそわと視線をさまよわせていた。

そろそろ来るかな……と思った矢先、ロータリーの横断歩道で、ギリギリ赤信号に引っかかって、もどかしそうにしている人影を見つけた。

遠目からでもわかる。犬浦《いぬうら》だ。

向こうも俺に気づき、こちらに手を合わせてぺこぺこと頭を下げる。

それからようやく信号が青に変わって、犬浦は小走りでこちらにやって来た。

「ごめんごめんマジでごめん～～～！　その……服選びでちょっと迷っちゃって……！　ほんとは待ち合わせのちょっと前には来るつもりだったから！　ほんとに！」

開口一番、犬浦はわたわたと詫《わ》びを入れてくる。

実は待ち合わせ時刻を過ぎているのだが、それもほんの五分くらいだし、予め少し遅れるという旨のラインも入っていた。なので、俺としてはなんの問題もない。

むしろ、そんな走りにくそうな服と靴で急がせてしまって、かえって申し訳ないくらいだ。

A pure-hearted gal and a clumsy macho are impatiently in love.

それよりも……、

「……というか犬浦？」

「なに？」

「……ダイエットする意味、あるか……？」

遅刻のことなんかよりも、犬浦をひと目見てそちらの方がよっぽど気になった。

今日の犬浦は、いわずもがな私服だ。

上はオフショルダーのカットソーに、ベージュのロングカーディガン。下は太ももまで露《あら》わなショートパンツに、厚底のブーツという組み合わせ。

普段見慣れている制服よりもはっきりボディラインが出る服装だ。

そして俺が見る限り、犬浦の体型は、ダイエットの必要性を感じないのだが……。

「えー!?　ダイエットする意味、めっちゃあるから！　てか四キロ近く痩せての今だから！　ダイエットする前マジで超おデブだったから！　お腹《なか》とか特に！」

「そ、そうか……」

犬浦はお腹周りをつまみながら異議を唱えてくる。

まぁ、そもそも犬浦が取り組んでいるのは、モデルになるためのダイエットだ。目標としているプロポーションの水準が高いのだろう。であればとやかく言うのは野暮《やぼ》だ。

俺だって、人からよく「そんなに筋肉つける必要ある？」なんて言われるが、俺からしてみたらこんなんじゃ全然足りない。もっともっとデカくなりたい。

「……でも、逆に言えば、今は結構いい感じってこと？　須田《すだ》から見て」

「ん？　ああ。だな」

「……そ」

俺が同意したのに対して、犬浦《いぬうら》は小さく相槌《あいづち》を打った。

「……まぁそんなことは別によくて。行こっか」

そしてさっさと話を切り上げて、スタスタと歩き出してしまった。

しかもその声音がどことなく冷たいというか硬いというか……。もしかして体型について言及するのはデリカシーに欠けていたろうか、気を悪くさせてしまったろうか。

俺はハラハラしたが、それはそれとして言わなければいけないことがある。

「……犬浦、そっちじゃない。今日はバス移動だ」

「え？　あ、そ、そっか！　こっちね！」

俺が声をかけると、犬浦はくるりと振り返って戻ってくる。

そのうっかりが気恥ずかしかったのか、犬浦の頬《ほお》は少し赤らんでいた。

「て、てかさてかさ、パッと見で思ったんだけど、なんか今日の須田、いつもより大きくない？」

不意に言われ、俺は一瞬言葉をつまらせたが、平静を装って答えた。

「……気のせいじゃないか？　それか、私服だからそう見えてるだけか」

嘘《うそ》だ。犬浦の見立て通り、俺の身体《からだ》は今、通常時よりもデカくなっている。出てくる前に、がっつり筋トレをして、筋肉をパンプさせたからだ。

理由は一つに、少しでも自分の見栄えを良くしようとしたため。

トレーニーにとってのパンプは、女性でいうところの化粧に等しいのである。

そして理由のもう一つは、テストステロンで自信をつけたくてだ。

俺からすれば今日は『好きな女の子との外出』という一大イベント——なんならもうデートである。万全の態勢で臨みたかった。

「あ、そっか。私服効果はあるかもね。てかそうだよ。須田の私服姿、初めて見たかも」

俺は犬浦の私服をたびたび拝見している。なにせアンスタでアップされているからだ。

今日着ているロングカーディガンだって、『最近のお気に入り！』などと紹介されていたのを見た。『珍しくパパからも大好評！』とか。パパっ子すぎるだろ。

……ちなみに、別に犬浦のアンスタを逐一チェックしているわけではないことは念を押しておきたい。あくまで、たまにだ。好きな女の子のSNS、見に行っちゃうものだよな!?

ともあれ犬浦のほうは、俺の私服姿は初見となる。物珍しげに、俺の頭の天辺からつま先まで眺める。

犬浦は着てくる服に迷ったと言っていたが、俺はあまり迷わなかった。

そもそも迷うほど服のレパートリーがないからだ。

今日は白のTシャツに、グレーのシャツを羽織り、下は黒のパンツ。すべてファストファッション店で買った無地のアイテムで、非常にシンプルなコーディネートだと思う。

が、果たして犬浦《いぬうら》の反応は……?

「……須田って、何気に服にこだわりとかある人?」

「……?　……いや、こだわりなんて呼べるものは特にないな……。今日の服は全部ウニクロとかCUとかだし……」

「へー！　わー！　やっぱスタイルの良さって正義だね！　これ、女子でもあるあるなんだけどさ、服自体は超シンプルなのに、なんか決まって見える人っているんだよね。で、そういうのってやっぱり、スタイルが良いからなんだなーって」

「………………」

とっさには返す言葉が見つからず、俺は黙ってしまった。

つまるところ、どうやら俺の私服姿は犬浦に好評だったようだ。

率直に嬉しいし、ホッとした。さらには俺の胸をも打った。

というのも、伝説的なボディビルダー、ロニー・コールマンがこんな言葉を残している。

――筋肉という名の衣服を日々の努力で縫い上げていく。

そう、つまりは筋肉こそがファッションの最小構成単位にして、最高のアイテムなのである。

そしてその格言が真であったと、俺は今身をもって証明した。

つくづく、筋トレを始めて良かった。

「……ありがとう」

「え？　なにが？」

「その、私服姿を褒めてくれて」

「！　……あ、う、うん！　そう！　わたしそうなの！　すごいなって感動したり、びっくりしたりすると、すぐ人のこと褒めたり『いいね』しちゃったりするタイプなんだよね！　あははは！」

なぜか妙に慌てふためいているが……ともあれ犬浦のおかげで、俺は筋トレの有用性を深く再確認できた。

だから犬浦への感謝は尽きない。

「あ！　て、てか、ありがとうはわたしのほうなんだけど！」

「ん？　なにがだ？」

「や、その、『今日は誘ってくれてありがとうございます』っていう」

ぽしょぽしょと何を言うのかと思いきや、そんなことか。

俺は頭を振って答える。

「いや、まぁ、俺も久しぶりに食べたくなってたしな」

「そっか。……けど、それでもありがとね」

「……ならこっちこそ、同行させてくれてありがとうだ」

「なにそれ」

お礼にお礼を返したところ、犬浦《いぬうら》はケラケラと笑い出す。

他愛もない、じゃれ合いのようなやりとりが心地よく、幸せな一日のスタートを予感させた。

❤

男の子と二人で遊びに行くのは初めてじゃない。ていうか、そこそこ経験ある。

で、その時はずーっと平常心でいられた。……けど、今日はもう、まったくちがう。ただの遊びじゃない。これはもうれっきとした、須田《すだ》とのデートだ。

絶対着てく服もメイクも迷うだろうなってわかってたから、昨日のうちにコーデは決めておいた。

結構いい値段したけど、一生懸命バイトして買ったロングカーディガン。お姉ちゃんからもママからも褒められて、いつもは「若い子の服とかさっぱり」なんて言ってるパパからもかわいいって言ってもらえた、今一番のお気に入り。

勝負服といえばやっぱりコレって、昨日の夜には思ったけど、朝になってみたら「逆に気合い入りすぎ？　あざとすぎ？」って、結局迷って遅刻しちゃった。

それで心底申し訳なく思ってたら、須田に服もプロポーションも褒められて、一瞬で申し訳なさなんて吹っ飛んだ。

おまけに須田の服……正直、失礼な話、須田はあんまりオシャレとか興味ない人だろうなーとは思ってたから、私服もそんなに、期待してなかったんだけど……いい意味で予想外。

須田、体格が良いだけあって、シンプルなコーデでもマジかっこいい。家に持って帰って飾っときたいんだけどいいかな？　だめ？

ともあれそんなこんなで、まだ本来の目的地に着いてもないうちから、わたしは色んな感情を揺さぶられまくり。

こんなこと、他の男の子と出かけたときにはなかった。

好きな男の子とのデートって、こんなにずっと緊張しっぱなしで、けどなんかそれがくすぐったいっていうか心地よくて……マジやばい……脳みそ溶けそう……しんど……。

ソワソワふわふわしたまんま、地元の駅からバスに乗って、隣町の住宅地で降りる。

こんなところに甘味処《かんみどころ》なんてあるの？　っていうような場所に、目的のお店『むさし乃《の》』はあった。

和風の店構えで、こじんまりとしてて、ザ・隠れ家って感じ。わたし一人だったらちょっと気後れしちゃって入れないような年季の入り方をしてる。

だからこそわたしはワクワクして、スマホでお店の外観を撮りまくった。

「わー、渋っ！　めっちゃいいー！」

「あんまり犬浦《いぬうら》が来なさそうな店だよな」

いやホントそれ。連れてきてくれてマジでありがと。

ところで、わたし一人で行くにはハードルが高すぎるラーメン屋さんとかもあるんだけど、今度一緒に行ってもらってい？　須田《すだ》、家系好き？

須田はカラカラと店の戸を引いて、暖簾《のれん》をくぐっていく。

わたしも続いて中に入ると、割烹着《かっぽうぎ》の女将《おかみ》さんが出迎えてくれた。女将さんは、朗らかな感じのおばあちゃん。

「──いらっしゃいませ。お二人様ですか？　こちらへどうぞ」

店内は素朴な印象で、なんだか落ち着く。ふんわりと漂ってくる抹茶の香りもすごくいい。

カウンター席にもテーブル席にもぱらぱらとお客さんがいて、お茶と和菓子を楽しんでる。

お店はご夫婦で切り盛りしてるみたいで、〝ザ・職人！〟って感じのおじいちゃんご主人が厨房に立って、女将さんは接客に当たってる。

わたしたちは四人がけのテーブル席に通されて、向かい合うようにして座った。

一つのお品書きを二人で覗《のぞ》き込むと、自然と顔が近づく。

……けど、須田の方へは視線を向けられない。

こんな至近距離で須田を見るとかマジ無理……。

もし目が合ったりなんかしちゃったら、多分わたし普通に声出る……。

……でもあれね？　このまま須田のほっぺたに頭ぐりぐりこすりつけたりとかはしたいね？

……いやそれ我ながらどんな欲求？　わたしの前世、犬か猫？

お品書きには写真つきで、あんみつにおしるこ、お餅《もち》やパフェと、色んな甘味が載っていて、どれもこれも美味《おい》しそうで目移りしてしまう。

「え～！　種類多いっ！　どれ食べよ～!?」

特にスペシャル抹茶パフェなんてすごい。あずきも白玉もカステラも抹茶アイスも生クリームも全部載ってて、これ一つでこのお店の味を網羅できちゃいそうな……！

「…………」

「……犬浦？　生クリーム系、アイス系は避けた方がいい」

「!?　わ、わかってるよ!?　見てただけだから！」

須田のアドバイスに従って、わたしはあんみつを注文。飲み物はホットウーロン茶にした。

ほんとはせっかくだから抹茶ラテとかにしようかと思ったけど、抹茶自体が実は結構カロリー高めだし、おまけにラテは牛乳が含まれてて脂質が高いから云々《うんぬん》かんぬん……というレクチャーを受けてのホットウーロン茶。

須田《すだ》がいなかったら絶対全力で抹茶ラテがぶ飲みしてたわー、あぶなかったわー、須田いてくれてよかったわーくそー飲みたかったーダイエット終わったら絶対また来よ。

ちなみに須田も、わたしとまったく同じのを注文してた。……お揃《そろ》だね。うふふ。わたしたち気が合うんじゃない？　付き合っちゃう？　ねえねえ。うりうり。

注文を決めるっていうただそれだけのことなのに、わたしは楽しくてしょうがなかった。


「——あんみつとホットウーロン茶、お待たせしました。……ごめんなさいね。ノロノロで。ちょっと腰を痛めてて」

言いながら、女将《おかみ》さんがゆっくりと注文の品を持ってきてくれる。

「いいえー、全然で～す」

女将さんは恐縮してたけど、お年もお年だからそんなの仕方ないし、須田とおしゃべりしてたら待ち時間なんてあっという間だ。まったく気にならない。

そんなことよりも見て！　目の前に並べられた、このあんみつの輝きっぷり！

寒天にあんこに白玉にフルーツが、彩り鮮やかに盛り付けられて、小鉢に注がれた黒蜜《くろみつ》が、あんみつにかけられるのを静かに待っている。

「わ————！　超～～～～おーいーしーそーうー！」

　ダイエット期間中は大好きだったスイーツもお菓子も封印してたから、大袈裟《おおげさ》じゃなくて宝石が盛り付けられてるようにすら見える。なんなら食べる前からもう美味《おい》しい。

「ああ、実際美味《うま》いぞ。さぁ食おう」

　須田の声も弾んでるような気がする。さすが見かけによらずの甘党マッチョ。

　須田は早速、黒蜜をあんみつ全体にかけて、スプーンを指先でつまむ。

　甘味処《かんみどころ》のスプーンってただでさえ小ぶりだし、それを須田が持つと余計小さく見える。サイズ感がバグっててウケる。大人が子供用のスプーン使ってるみたい。かわいいかよ。

　そして須田は表情一つ変えないけど、一口一口をゆっくり大切に味わってる。

　本当に甘いもの好きなんだろうなーっていう食べ方で、そういうところもかわいいかよ。

　須田見《すだみ》（須田を鑑賞すること。造語）もほどほどに切り上げて、わたしはスマホを取り出す。

　わたしも早く食べたいけど、その前に写真を撮っておきたい。

　隠れ家的なお店だし、アンスタに投稿するかどうかは別として――単純に、須田との思い出として写真に残しておきたかった。

　それでスマホをあんみつとホットウーロン茶に向けたら、須田が急に、身体《からだ》を大きく傾けた。

「？　どうしたの？」

「いや、邪魔かと思って」

　須田はわたしの真向かいに座ってるから、角度次第では須田も写真に写り込むことになる。

それを避けようとしてくれたらしい。

けどその気遣いは、わたし的にはむしろいらんやつ。

「え！　全然そんなん気にしなくていいのに！　……てか、むしろ入ってよ。記念に撮るから」

しれっと勢いで言ったけど、結構わたし的には勇気を出した。あと下心も出した。

正直、あんみつだけじゃなくて須田《すだ》本人の写真もほしい。超ほしい。お金出してもいい。

けど、

「え、いや……」

須田はちょっと渋った。

「……あ、ごめん、嫌だった？」

「ああ、違う。嫌とかではないんだ。全然」

「……アンスタにあげたりもしないよ？」

「……まぁ、それもあるが……単純に撮られ慣れてなくてだな」

少しだけ眉間《みけん》にシワを寄せて、須田は言う。

わかりづらいけど、多分これは本人が言ってる通り、嫌っていうよりは照れくさいとかそういう感じなんだと思う。

……ということは、押せば落とせそう。

「……あー、まー男の子は特に、撮らない人はとことん撮らないだろうしねー」

言いながらわたしはそれとなーくスマホを構えて、須田に向けた。

「けどほら、普通に、自然体でいいからさ」

「………」

ちょっと強引かなって思ったけど、須田は少しだけ躊躇《ちゅうちょ》したあと、スプーンを置いて、椅子《いす》に座り直して、姿勢を正した。

なんかもう証明写真を撮るような感じだけど……ともあれ撮影許可、いただきましたー！

「いいね！　けどせっかくだし笑って？」

「………」

「ウケる。口角は上がってるのに全然笑顔じゃないんだけど。なんで？」

「じ、自分でもわからん……」

「てか待って？　なんか須田、力んでない？　肩に力入ってない？」

「つ、つい……デカく見せたくて……」

「なにその『小顔に見せたくて』みたいなノリ。マジウケる」

お行儀よく座って、笑顔になってない笑顔を作って、大きく見せようと力む須田はかわいくてしょうがない。

そのかわいさを逃さないようにと、わたしはシャッターを切った。

「ありがと！　あとでラインに送っとくよ」

「あ、ああ、ありがとう。けど自分の写真を送られても使い道に困るな」

須田《すだ》はひと仕事終えたっていう感じで、ほっと肩の力を抜く。

それでまたあんみつを食べようとした。

その瞬間も見逃さず、わたしはまたシャッターを切った。

「え?」

「ごめん、自然体の須田も撮りたくて」

スマホには、油断しきってる須田の写真が写ってる。

さっきの写真は〝かわいい〟だった。けどこっちの写真は〝かっこいい〟だ。

「さ、食べよー」

須田はなんか言いたげだけど、知らんぷりしていよいよあんみつに口をつける。

食べる前からわかりきっていたことだけど、信じられないくらい美味《おい》しかった。

それプラス、須田のかっこいい写真ゲットで、わたしはもうニヤニヤが止まらなかった。


「んー! やばーっ! 超おいしい! 和菓子、好きだけどあんまりアンスタで取り上げてなかったなー、これからは和菓子も開拓してこ! ウマー!」

「喜んでもらえたなら何よりだ」

　一口あんみつを食べた瞬間から、犬浦《いぬうら》の笑顔が絶えることはなかった。

　この店を紹介した手前、犬浦の口に合わなかったらと心配していたが、それもただの取り越し苦労だ。ただただ楽しいだけの時間が流れていく。

「須田ってさー、休みの日何してるの？　やっぱり筋トレ？」

「それもするが、一日中筋トレするってこともないからな。勉強したり、桃《もも》や木場《きば》と遊んだり、動画見たり……。あとはバイトか」

「え、バイトしてるの？　何のバイト？」

「引っ越しだ」

「っぽーい！　冷蔵庫一人で運んでそう」

「……サイズによりけりだな」

　バイトといえば、犬浦には前々から聞きたかったことがあった。

「犬浦はしてないのか？　バイトとか」

　犬浦は服だの化粧品だの、スイーツだの遊びだのに結構お金を使ってるイメージなのだが、お財布事情はどうなっているのだろうか。

　俺が尋ねると、犬浦はホットウーロン茶を啜《すす》りながら答えてくれた。

「してるよー。コンビニ。あとパパの肩たたき」

やはりバイトはしてたのか。そしてコンビニというのも頷《うなず》ける。犬浦《いぬうら》、結構派手な髪型をしてるから、飲食店は難しそうだなとは思っていた。

しかしまぁそれよりもだ。まさか〝パパの肩たたき〟なんてアルバイトがこの世にあるとは思わなかった。

「……犬浦、ほんとに親父さんのこと好きなんだな」

「うん。前もこの話ちょっとしたよねー。……あ、てかファザコンとか思ってる⁉　ちがうからね⁉　そんなんではないから安心して！　ほんとに！　ただパパとは仲良しってだけ！」

「そうか」

別にファザコンだとは思っていないが、犬浦は照れくさそうに言い訳する。

そして結局その言い訳からも親父さんへの気持ちがにじみ出ていて、なんとも微笑《ほほえ》ましい。

たしかにこんないい娘に肩たたきなんてされたら、喜んでお小遣いもあげてしまうだろう。

と、他愛もない会話を交わす中で、また一つ、犬浦に聞いてみたかったことが思い浮かぶ。

それはアルバイトの話よりももっとずっと聞いてみたかったことで、けれどどうしても聞けずにいたこと。

今、この流れならそれを聞ける気がして、俺は勇気を出してみた。

「……でも、親父さんのことは好きなんだよな？」

「え？　ま、まぁ、そりゃね」

「どんなところが好きなんだ？」

「どんなところって……優しいとことか？　わがまま聞いてくれるとことか」

真っ当な回答だ。

しかし、これはまだ俺が本当に聞き出したいことではない。

今の質問は、あくまで本題への足がかり。

俺は努めて冷静に、それとなく、核心部分へと踏み込んだ。

「なるほど。いや、信憑性《しんぴょうせい》は定かではない俗説だが、女性は父親に似てる人を好きになる傾向があるらしい」

言いながら、脈が速くなるのを感じる。

「……え」と犬浦は小さくこぼし、あんみつを食べる手が止まる。

その仕草に俺は怯《ひる》みかけた。それに、話題の切り出し方もいささか性急というか、わざとらしさがあったような気もする。

しかしここまで来たら引き返せない。俺はぐっと腹に力を込めて続けた。

「そういうものなのか？　その、犬浦も、好きなタイプとか」

「…………」

最後はやや言葉がつっかえたが、聞きたかったことはちゃんと言えた。

犬浦への気持ちを自覚してから、ずっと知りたかったことだった。

犬浦《いぬうら》は、どんな男が好きなのだろうか。

「……あー……そうねー……好きなタイプ……」

犬浦はじっとテーブルを見つめ、言葉を探す。

先程まであんなに楽しげだったのに、今はなんとも気まずげで、ぎこちない。

てっきり、あっさり答えてくれるものと思った。

恋愛経験豊富であろう犬浦からすれば、こんなのは天気の話題にも等しいものだろうと思っていたのだが……不快な質問だったろうか。

そう思った瞬間、肝が冷えて、俺は慌ててとり繕おうとした。

「あ、すまん、答えたくなければ全然――」

そのときである。

突然、犬浦が明後日《あさって》の方を向いて、はっと目を丸くした。

「――危ない！」

そして鋭く叫びながら、立ち上がって通路に飛び出した。

直後、お盆で食器を運んでいた女将《おかみ》さんが、そのお盆ごと犬浦の胸元にもたれかかっていく。

どうやら女将さんが躓《つまず》いたか何かで転びかけたところを、犬浦が助けに入ったらしい。

女将さんが落としたお盆と食器が床を跳ね、けたたましい音が店内に響く。

しかし幸い、女将さん自身は犬浦が受け止めたおかげで、無事だ。

「大丈夫ですか⁉　危なかった〜。ギリギリ〜」

犬浦はホッとして相好《そうごう》を崩す。

「あ、あ、ありがとうございます……！　けど、大変！　おじいさん！　拭くもの拭くもの！」

女将さんは礼とともに笑みをこぼしかけるも、すぐに血相を変えて慌てふためく。

何事かと思えば、犬浦のロングカーディガンの胸元から裾にかけて、大小斑《まだら》に抹茶のシミがついてしまっていた。

女将さんが運んでいた湯呑《ゆの》みに抹茶が残っていて、それが犬浦にかかってしまったようだ。

「…………」

犬浦はそれを眺めおろし、立ち尽くす。

「ごめんなさい、お嬢さん！」

女将さんが平謝りで、犬浦のロングカーディガンを拭きにかかる。

それに対し、犬浦は——、

「——あー、全然平気ですよ〜！　それよりお怪我《けが》がなくてよかったです！」

人懐こい笑顔を振りまいて、女将さんを気遣っていた。

「…………っ」

俺はその一部始終を見届けて、遅ればせながら散らかったお盆やお椀《わん》を拾いに行った。


女性は父親に似てる人を好きになる——そんな話を聞いたことは、わたしもあった。

中学生の時の、友達との恋バナでだったかな。

その時はまだ、それを聞いても全然ピンとこなかった。

男の子に告られたり、二人で遊びに行ったりはあったけど、本気で誰かを好きになったことはなかったから、自分が好きなタイプなんてのがまずわからない。

けど須田《すだ》のことを好きになって、須田本人からそんな話題を振られて、わたしはテンパった。

だって要は、須田に「どんな人がタイプなの？」って聞かれたようなもんだもん。

そんなの、なんて答えたらいいかわかんなくない？

まさか「んー、そうだなー、今目の前にいるような人かな♪」なんて言えるわけないしね。

秋津《あきつ》とか白瀬《しらせ》だったら平気で言っちゃうかもだけど、わたしには絶対無理。

だってそんなこと言って、ドン引かれたらどうすんの？

拒絶されたら怖くない？

わたしは結構、自分のことが好き。

自分に自信はある方だし、たぶん自己肯定感も高い方。

……だけど、須田のことになると、ほんとダメ。

マジで全然自信がなくなる……。臆病になる……。

てか、どんなタイプが好きなのか知りたいのはこっちの方なんだけど!?

例えば須田が実はギャル好きだってわかったら、わたしだって少しは勇気出せるし！　秋津とか白瀬ほどじゃないにしても、ちょっとはアグレッシブになれるし！　たぶん！

……けどさ、きっと、そうじゃないんでしょ？

だって須田って、元々は学級委員長タイプの真面目《まじめ》な優等生くんだもん。だから、おんなじように真面目で、お淑《しと》やかで、清楚《せいそ》でっていう女の子がタイプなんじゃないの？

それか、身体《からだ》鍛えるのが好きな人ね。健康的でサバサバしたようなスポーツ女子系。

だからどっちにしても、こんな派手派手な強めギャルなんて、女の子として見られてもいないんじゃないかな。恋愛対象外なんじゃないかな。

そう考えたらさ、勇気なんてなかなか出ないよね……。

須田に好きなタイプを聞かれても、なんて答えたらいいかわかんなくなっちゃうよね……。

つい黙り込んじゃってる間に、わたしはそんなことを超高速で考えて、視線をきょろきょろとさまよわせてた。

そしたら視界に飛び込んできた。

女将《おかみ》さんが足をもつれさせちゃって、転びそうになってる姿が――。

「――危ない！」

考えるよりも先に身体《からだ》が動いてた。

転びかけた女将さんの身体を受け止めたときは、「ナイスわたし！　でかした天才！」って正直ちょっと内心ドヤった。人助けって気分いいよね。

ただ、女将さんの無事と引き換えに、わたしのロングカーディガンが抹茶にまみれて死んだ。

女将さんには平気平気って笑っておいた。

実際、女将さんが悪いわけじゃない。腰を痛めてたみたいだし、「無理しないでおばあちゃ～ん」って、「転ばなくてほんとに良かった～」って思ってる。

だから、ロングカーディガンのシミのことは、ただ運が悪かっただけ。

洗濯すればたぶん落ちるしね。うちのママのオシャレ着洗濯スキル、マジ半端ないから。

だから、それはほんとにいいんだ。

けど……、

「――本当にすみませんでした……」

「いいんですよ～！　それよりすごく美味《おい》しかったので、また絶対来ます！」

「ありがとうございます……！」

やっぱり、お店側的にはお客さんに粗相《そそう》をしちゃったわけだから、女将さんもご主人もわたしたちに対してものすごく恐縮しちゃってた。

そうなると、わたしたちも長居はしづらくて、早めに店を出ることになった。


時刻は四時を過ぎた頃。

バス停を目指して、夕焼け色に染まった住宅街を歩く。

せめてものお詫《わ》びにって、女将さんはたくさんの和菓子を紙袋に詰めてくれた。着て帰るにはちょっとシミが目立ったから、ロングカーディガンもその中に入れた。

ちなみに紙袋は、重いだろうからって須田《すだ》が持ってくれてる。

お店が見えなくなったところで、隣を歩く須田が、ぽつりとつぶやいた。

「……災難だったな」

「あはは。だねー」

わたしは笑ったけど、わたしたちの間の空気はぎこちない。

これこそが、一番残念なこと。

須田とのお出かけが、なーんか変な感じになっちゃった……。

「なんというか、その、すまん」

「え？」

「普段は、あんなアクシデントもなくて、いい店なんだ。ただその、今日は女将《おかみ》さんも調子が悪かったみたいで……」

ただでさえ仏頂面に見える須田《すだ》が、さらに渋い顔をしだした。

それは、須田自身が責任を感じてしまってるからこそで、わたしは慌てた。

「ちょ、やだやだ！　なんで須田が謝んの⁉　あんなの運が悪かっただけじゃん！　もちろん女将さんだって悪くないし！　誰も悪くないでしょ！　こういうこともあるってー！」

「…………」

「あんみつもすごい美味《おい》しかったしさ！　めっちゃいいお店だったよ。また来ますーって言ったのも、あれお世辞じゃなくてマジだから！」

「……そうか」

わたしのフォローは届いたみたいで、須田の渋い顔が若干緩む。

わたしはそれにホッとしつつ、ついため息も小さくこぼす。

あーあ、って。ツイてないなぁ、って。あのアクシデントさえなければ、きっと今日は楽しいまんまで終われたのにって……。

「………っ」

凹《へこ》むわたしに追い打ちをかけるように、冷たい風が吹き抜ける。

ロングカーディガンは紙袋の中で、トップスはロングスリーブだけどオフショルダーのを着てきちゃったから、肩と首周りが寒い。

身震いして、わたしは自分の肩をさする。

あーあ、踏んだり蹴《け》ったりだ。

やだなぁもう。

芯から冷えてきたんだけど……ちょっと泣きそう……。


「──あー、暑い暑い！　暑いなー！」


突然だった。

急に須田が暑がりだした。

さすがにわたしも意味がわからなくて戸惑う。

どう考えても肌寒いし、あと須田の口調が棒読みというか、芝居がかってる。

そんな変な感じのまま、須田は続ける。

「筋肉量の多さはそのまま基礎代謝の良さ。だからトレーニーは人よりも暑がりである場合が多い。それに加えて今は食後。体温が上昇するからより暑さを感じるというわけだ」

「……はぁ……」

え、マジで須田、急にどうしたの？

わたしはますます混乱して、ポカンとしてしまう。

けど、次の須田《すだ》の一言でようやく、その意図を理解した。

「だからその、俺は今暑くて、半袖で十分だから……め、迷惑でなければ……着るか？」

言いながら須田は、着ていたシャツを脱いで、わたしのほうに差し出した。

「!?」

息が止まった。

咄嗟《とっさ》には返事も何もできなくて、その場で立ち尽くして須田を見上げる。

いつものポーカーフェイスが、赤くなってた。

そりゃそうだよね。

普通に考えて、男の子が女の子に「自分の服着るか？」なんて言うの、恥ずかしいよね。

キザじゃないかなとか、お節介かなとか考えちゃって、躊躇《ちゅうちょ》しちゃうよね。

けどそれでも、暑がりだの何だのあれこれ理屈つけてでも、わたしが寒がってるのを放っておけなかったんだ？

……なにそれ……。

どんだけ面倒見いいの？

どんだけ優しいの？

わたしがぽけーっとしてたら、変に誤解されちゃったみたいで、須田は慌てだす。

「あ、いや、いいならいい！　すまん！　押し付けがましかったな⁉　自分でも余計なお世話かなとは思ったんだ！　ただパーソナルトレーナーとしては犬浦《いぬうら》の体温が下がるのは健康管理の観点からもよろしくないという判断で――！」

須田は差し出したシャツを引っ込めて、自分でまた着ようとする。

だから――、

「――……着る」

「え？」

「それ、着たい」

わたしは須田の言葉を遮った。差し出されたシャツの裾をつまんで、引き止める。

「お。そ、そうか！　よし、着てくれ！」

須田は一瞬驚いて、すぐにシャツをわたしのほうによこしてくれる。

「…………」

けど、それをわたしは受け取らない。黙って須田に背中を向ける。

「？　犬浦？」

「……着せて」

「！　……お、おう」

「…………」

須田《すだ》は紙袋を置いて、シャツをばさっと広げてくれる。

わたしがシャツの袖に両腕を滑り込ませると、須田はショップの店員さんみたいに肩まで羽織らせてくれた。

「……ありがと」

「あ、ああ。どういたしましてだ」

須田に向き直って、お礼を言う。ちゃんと須田の目を見て言えた。

当たり前だけど須田のシャツはすごく大きい。けど袖を何回かロールアップすれば、ビッグシルエットでオシャレっぽい雰囲気になる。

いい感じだ。ファッション的にもだし、なにより須田の服を着てるっていう状況そのものが。

「あったかい」

寒さなんてもう感じない。

体の芯からぽかぽかしてくる。

「今の今まで着てたからな……汗臭いかもしれん……」

「ううん、平気」

須田、よく汗かきそうだもんね。でも、汗の匂いはしてない。むしろいい匂いがする。しかもそれは香水とか柔軟剤とかの匂いじゃなくて、不思議と落ち着いて、袖に顔を埋めたくなって……これってきっと、須田自身の匂い。

好きな人の匂いに包まれるのって、こんなに幸せなんだね。

わたし、須田《すだ》のこと好きすぎるから、こういう時大体テンパったりしちゃうはずなんだけど、今はちがう。

じんじんと胸の奥がしびれて、それがすごく心地よくて――、

「……あったかい」

「……なら、よかった」

わたし、二回も同じこと言ってる。でも自然とこぼれ出た言葉だった。

須田は相槌《あいづち》を打ってくれる。その声音が柔らかくて、優しくて、なんだか耳がくすぐったい。

須田はまた紙袋を手に歩き出して、わたしも半歩斜め後ろからついていく。

須田が紙袋を持ってなかったら、勢いで須田の手を握っちゃってたかも。

だからわたしは手を握れない代わりに、ほんの少しだけ、須田との距離を詰めた。

そしたら足下から伸びるわたしたち二人の影が、ぴったりと寄り添って、手を繋《つな》ぐ。

そんな、子供じみた影遊びをしていたら、ふと須田が言う。

「……あー、あと、こんなこと言われても気休めにもならないかもしれないが……改めて感服した。犬浦《いぬうら》に」

わたしに？　かんぷく？　何の話だろう。

目で尋ねると、須田は紙袋をひょいと持ち上げながら答える。

「女将《おかみ》さんやお店への気遣いだよ。大事に着てた服だったろうに、あんなことがあっても嫌な顔ひとつしないで。――やっぱりすごいな、犬浦は。強いだけじゃなくて、優しいな」

「あ……」

小さく息を呑《の》んで、わたしは須田の横顔を見入る。

少し前にも、須田に褒められたことがあった。

あれは、放課後の教室で、須田がダイエットの講義をしてくれた時のこと。

わたしに避けられてるとか須田が誤解してて、わたしがその誤解を解いた時のこと。

わたしは須田のことを尊敬してるよって伝えたら、須田はこう返してくれた。

――……そうか。嫌われてないならよかった。俺も、犬浦と話す時は少し緊張してた。

――え、なんで？

――一緒だよ。俺も、犬浦のことをすごいと思ってるからだ。

あの時も、須田はわたしを「すごい」と言ってくれた。

わたしはそれを、アンスタのフォロワー数が多いとか、わりとインフルエンサーだったりするとか、そういうのをすごいって言ってくれてるんだと思ってた。

いや、もちろんそれも褒められたのかもだけど、それだけじゃなかったのかもしれない。

強いだけじゃなくて優しいな、だって。

それって要するに、わたし自身を褒めてくれてたってことだよね。

「…………」

自分で言うのもなんだけど、わたしは結構褒められる。

リアルでもネット上でも、フォロワーが多いこととか、紹介するもののセンスがいいとか、見た目がかわいいとかって言ってもらえる。

それはすごく嬉しいことだし、光栄なこと。本当にありがたいなって思ってる。

けど、わたし自身を――わたしの内側を褒めてくれる人って、そういえば今までいなかった。

わたしに気があるっぽい男の子も、みんなわたしのことをかわいいって褒めてくれたりしたけど、わたしの性格について言ってくれる人って、今までいなかった。

須田《すだ》が初めてだ。

須田だけが、わたしの内側までちゃんと見てくれてた。

……すごい、すごい、すごい。

こんなに嬉しいものなんだ。

アンスタでフォロワーが増えるのも、『いいね』とかコメントをたくさんもらえるのも嬉しいけど、大好きなたった一人からわたし自身が認められるのって、こんなにも報われるものなんだ。

「…………っ」

喉まで出かかった言葉を飲み込む。

ああ、もう、声を大にして言ってしまいたい。

そういうとこだぞって。

そんな君だから、わたしはこんなに好きなんだぞって。

この胸にパンパンに詰まってる想いのすべてをぶちまけてしまいたい。

でも、言えない。

言えないけど言いたい。

だから――言う。

「……さっきの話の続きなんだけど」

「え？」

ちょっと唐突すぎたかも。前置きも何もないから、須田がキョトンとしてる。

それでもわたしは勢いで続けた。

「ほら、さっきお店で話してたじゃん。女の子の好きなタイプは、父親に似る〜ってやつ」

「あ、ああ。その話か」

「うん。その話が合ってるかどうかはわかんない。けど――」

一旦《いったん》言葉を区切って、息を整える。

須田《すだ》の目をじっと見つめて、打ち明ける。

「わたしが好きな人は、わたしのことをよく見てくれてる人」


わたしの中では、ほぼほぼ告白。

けど、須田はいまひとつピンと来てないみたい。

「そ、そうか……」

反応に困ってるみたいに、曖昧《あいまい》に相槌《あいづち》を打ってる。

まぁ、伝わるはずないのはわかってる。

だって遠回しすぎるもんね。

この意気地のなさに、恋愛力の雑魚《ざこ》雑魚っぷりに、我ながら呆《あき》れて笑っちゃう。

けどおかげで肩の力が抜けて、口元も緩んで、その勢いで冗談めかして言ってみた。

「……わたしも聞きたいなー」

「え？」

「須田の好きなタイプ」

「…………」

口をへの字に曲げる須田。きっとこれ、恥ずかしがってるんだと思う。

それを見てわたし、ちょっとざまぁみろって思っちゃった。

ね？　答えづらい質問でしょ？　って。

そういう質問を君はさっきわたしにしたんだぞ？　って、つい意地悪したくなる。

「わたしも言ったんだから教えてよ」

「…………」

いつもだったら、「嫌だったら答えなくていいよ」って言ってたろうな。

でも今は言わない。

須田のこと好きだけど、困らせてやりたい。

……これわたし、歪《ゆが》んでる？　性格悪い？

そんなことを考えてたら、須田はゆっくり口を開く。

「……俺が好きな人は……——」


犬浦《いぬうら》を好きになってよかった。

服が抹茶で汚れてしまって、それでも笑っている犬浦を見て、俺は心の底からそう思った。

俺は犬浦《いぬうら》のその笑顔に、犬浦藍那《あいな》という女の子の本質を見た。

なにせ俺は知っている。抹茶をこぼされたあのロングカーディガンは、犬浦の大のお気に入りだということを。

にもかかわらず犬浦は、自分の服なんかより女将《おかみ》さんやあのお店のことを気遣っていた。

ショックだったはずなのに、それをおくびにも出さないで、笑顔を振りまいていた。

改めて感服させられた。

犬浦の強さを知ってはいた。その強さに俺は憧れ、尊敬した。

けれどそれだけじゃなかった。

犬浦は、人を赦《ゆる》す優しさをも持ち合わせていた。


——……わたしも聞きたいなー。

——須田《すだ》の好きなタイプ。


自分の質問をそのまま返され、俺は答えに窮してしまった。

俺が好きなのはお前だ、犬浦。

喉元まで出ていたその思いを、どんな言葉に置き換えよう。

つまるところ、犬浦とはどんな女の子なのかが、この質問の答えになるわけだ。

しかし一言で表すのは難しい。
犬浦の強さにも優しさにも惹《ひ》かれたが、強い人も優しい人も、この世にはごまんといる。
そういう他の人と犬浦は、何が違うんだろうか。

——わたしも言ったんだから教えてよ。

人の気も知らないで、いたずらめいて笑う犬浦が小憎たらしい。
犬浦にせっつかれながら、考えに考え抜いて、俺は答えを絞り出した。

「……俺が好きな人は……——自分の〝好き〟に忠実な人だ」

この答えに、犬浦は「なにそれ」と笑っていた。
確かに抽象的だよな。よくわからんよな。
ただ、俺が思う犬浦藍那というのは、そういう人だった。

別れ際、家まであと少しだからと、犬浦からシャツを返された。

犬浦《いぬうら》はロングカーディガンを羽織り直して立ち去り、俺もシャツを羽織り直した。

シャツには犬浦の温もりと、甘い香りが残っていた。

妙な気恥ずかしさと、浮ついた心地に胸が高鳴る。

あぁ、今日はなんていい日なのだろう。

また犬浦と『むさし乃《の》』へ行ける日が来ることを切に願った。

そして犬浦のダイエットと、モデルの仕事の成功を祈った。


「——………」


ただ、その願いと祈りこそが、ふと俺を我に返らせた。

弾むようだった足取りが、徐々に鈍る。

じきに犬浦はダイエットの期日を迎える。これまでの経過から見れば、おそらく成功する。

そうして俺は無事、犬浦のパーソナルトレーナーとしての務めを果たす。

……そう。果たしてしまうのだ。

俺と犬浦の、パーソナルトレーナーとその教え子としての関係が終わってしまうのだ。

そしたら、そのあとは、どうなるのだろう。

思い出されるのは中学時代だ。犬浦との勉強会を終えたあとのことだ。

勉強会という接点を失って、俺は犬浦と疎遠《そえん》になった。

今の状況は、あの時と酷似している。

ダイエット、ボディメイクという接点を失えば、俺たちはまた、疎遠になってしまうのではないだろうか。

そんな予感に愕然《がくぜん》とし、俺はその場で立ち尽くしてしまった。

シャツに残っていた犬浦の温もりも、甘い香りも、吹き抜ける秋風にさらわれて消えた。


地元の駅前で須田《すだ》と別れて、わたしは一人、帰り道を歩く。

足取りが軽くて、油断したら鼻歌とか歌っちゃいそう。

ちょっとしたトラブルもあったけど、結果オーライ。須田との初デートは最高だった。

自分の〝好き〟に忠実な人――それが、須田の好きな人のタイプなんだって。

なにそれって、聞いた瞬間には笑っちゃった。

だってそんなタイプ、聞いたことないもん。優しい人とか明るい人とか、髪が長い人とかスレンダーな人とか、美人系とか清楚《せいそ》系とか、普通そういう答えでしょ。

……けどさ、よくよく考えたらその答え、「ああ、なんか須田っぽいかも」って納得した。

だって須田自身がそうだもんね。

須田って、筋トレが大好きで、その〝好き〟って気持ちに忠実だよね。

ホントはもっとレベルの高い高校狙えてたはずなのに、トレーニングルーム目当てでわたしでも来れたような高校に来ちゃうんだよ？　もうガチ勢って感じ。

普段の会話でも、明らかに筋肉系の話題だと口数多いしね？　早口だしね？　もはやオタクって感じ。

……でもさ、そういうところがいいんだよね。

須田《すだ》のそういうところ、わたし大好き。

自分の〝好き〟がはっきりしてる人って、見てて気持ちいいもんね。わかる。

だから考えてみたら、わたしも須田に同感だ。

自分の〝好き〟に忠実な人は、わたしも大好き。

……けどさ？　そうなるとさ？　気づかないかなー？

ここにもいるんですけどー!?

めちゃくちゃ自分の〝好き〟に忠実な女の子！

わたしもう全世界に向けて自分の〝好き〟を発信しまくり！

〝これ好き！〟って感情でしかむしろ動かん！

ほらもうわたし、須田の好みに超ぴったりじゃない!?

「…………」

ふへっと、口元がにやけてしまう。

須田、わたしみたいなギャルは全然タイプじゃないんじゃないかなーって思ってたけど……

そういう線でいったら、もしかしたらわたしも須田の恋愛対象に入るかもしれない。

ダイエットを口実にして須田との関係を保っておけば――それプラス少し勇気を出して、須田にアピれたりもしたら、そのうち須田、わたしに振り向いてくれるかも……。

……なんて前向きなことを考えてたはずなのに、ふと、なにかが引っかかった。

わたし、大事なこと見落としてない？　って、違和感が降って湧《わ》いた。

良くない予感に胸がざわつく。

わたしはこれまで考えていたことを振り返った。

で、

「あ」

気づいちゃった。

そうだ。わたしは今、ダイエットを口実に須田との関係性を保ってる。

今日だってパーソナルトレーナーとその生徒として、目標達成率七五％突破のご褒美にって、須田オススメの甘味処《かんみどころ》に連れてきてもらった。

わたしたちを繋《つな》いでいるのはダイエットだ。

でも、じゃあ、このダイエットが終わったらどうなるの？

ダイエットして、モデルの撮影をしたら、そのあとは？

わたしたちの関係はどうなるの？

「…………」

これまでは、ダイエットに一生懸命になっていたから、そこまで頭が回ってなかった。

ダイエット自体は順調だし、うまく行きそうな気がしてる。

ベストの状態でモデルの撮影に臨めると思う。

そしたら当初の目標は見事達成で、わたし的には万々歳だ。

けど、その万々歳のハッピーエンドを迎えたそのあとは？

そんな、もうじき訪れる未来を想像してみる。

…………。

…………。

……そしたら、わたしの隣に須田《すだ》がいる光景は、想像することができなかった。

わたしの頭に浮かんだのは、パーソナルトレーナーとしての役目はもう終えたからって遠ざかっていく、須田の後ろ姿だった。

ep.7　ギャルの心と秋の空　了

ep.8

一三〇キログラムの想い

A pure-hearted gal and a clumsy macho are impatiently in love.

犬浦《いぬうら》のダイエットは、ここまで経過良好だった。

徹底した食事管理によって、体重はすでに四キロ近く落ち、目標達成率七五％を突破。

五キロ減の目標達成は間近で、俺は犬浦のダイエットの成功を、ほぼほぼ確信していた。

だから、この日犬浦から送られてきたラインは、少なからず俺を動揺させた。

『須田、どうしよう……。体重、ちょっと増えてる……』

ダイエットの期限、モデルの撮影日まで残り一週間というところで、暗雲が立ち込め始めた。


俺は先のラインを受け取って早速、犬浦に電話をかけた。

「もしもし」

『え、あ、う……もし、もし……』

犬浦はすぐに出た。気まずげにしているのが、声音から如実に伝わってくる。

『ご、ごめんね……？』

「いや、大丈夫だ。謝る必要なんて一切ない。これまでが順調すぎただけで、これくらいのことはあって当然だ」

犬浦《いぬうら》をなだめつつ、俺は早速本題に切り込んでいく。

「それで、どれくらい増えたんだ？」

『……は、八〇〇グラム……』

「一キロか……」

俺がつぶやくと、犬浦が電話口ではっと息を呑《の》む。

『!? なんでわかったの!?』

「ん？ なにがだ」

『いや、だから、一キロだって……』

「……ざっくり一キロかと言っただけだ。……サバ読んでたのか？」

『！ あ――――！ ごめんなさいごめんなさいごめんなさい――――！』

「いや、気持ちはわかる。なんだか申し訳なくて、つい過小報告してしまったんだよな。しかしまぁ、俺は犬浦のパーソナルトレーナーだ。今の体重が何キロかとかは伏せてくれて構わないが、上下幅の数値は正確に答えてくれたほうが助かる」

『うぅ……だよね……ごめん……』

しょんぼりする犬浦が目に浮かぶが、今は問題解決が最優先。ヒアリングを続ける。

「一応確認だ。ダイエット期間中の食事内容は、これまでのラインの内容で間違いないか？」

『信じて！　そこは嘘《うそ》ついたりサバ読んだりとかはしてないから！　誓って！』

「ああ。疑ってるわけじゃない。ただの確認だ」

犬浦の性格を鑑《かんが》みれば、そういったズルはしないだろう。

うっかり申告し忘れた食べ物が数品目くらいはあるかもしれないが、それだけでは一〇〇〇グラム増の説明は付きづらい。

『……やっぱり、甘味処《かんみどころ》が良くなかった……？』

「その可能性がゼロとも言い切れないが、違うとは思うんだよな……」

俺も『むさし乃《の》』のことは真っ先に思い浮かんだ。しかしあそこで食べたものも、甘味とはいえダイエットに配慮したメニューだった。なのでそれが原因とは考えづらい。

『あ、じゃあ、もしかして……うちの体重計、壊れてるのかも⁉　結構古いやつだし！』

その可能性もゼロとは言い切れないが……希望的観測が過ぎるような……。

『ちょっとママに聞いてみる！　ママ～⁉』

犬浦の声と、ドタバタという足音が遠ざかっていく。

そして一分かそこらで、ドタバタという足音とともに犬浦が戻ってきた。

『須田《すだ》！　やっぱり体重計の故障かも！　ママも今試しに体重計乗ってみたんだけど、おかしいって言ってる！　私はもっと軽いって！　うちの体重計、重めに数字出てるって！』

犬浦の声音は安堵《あんど》と歓喜に弾んでいる。

原因が体重計にあったならば、俺としても喜ばしいのだが……。

「……犬浦《いぬうら》、家に米とかないか？　それを体重計に乗せてみてくれ。体重計が故障してるかどうかわかるから」

『うわ！　なるほど！　さすが須田《すだ》、めっちゃ天才！　ちょっと待ってて！』

ドタバタと足音が遠ざかり、待つこと一分弱。

今度は足音を鳴らすことなく、犬浦は静かに電話口に戻ってきた。

『――……もしもし……？　須田……？　あのね、体重計、バッチリ合ってた……。なんなら五キロのお米を四・九キロって言ってた……』

落胆と恥の情が声ににじむ。

まぁ、そうだろう。体重計はそうそう狂うものではない。

『なんかママも、目合わせてくれなくなっちゃったし……。めっちゃ顔赤くなってたし……』

「そ、そうか……」

『でも体重計もちがうってなると、なんでかなぁ……』

「減量の停滞や体重の微増なら、正直誤差というか気にしないところなんだが……一キロ増はさすがに何かしらの原因があると思っていいだろう」

犬浦に言い聞かせることで、俺は自分の考えを整理していく。

「食事の内容に問題がないとすると、あとは生活習慣とかか。夜更かししすぎとか、寝不足が続いてるとか」

『んー……別にそんなこともないけど……』

「あとは前も話したがストレスとか」

ストレスはダイエットの大敵だ。コルチゾールは脂肪を燃やしにくい体質を招くうえ、自律神経の不調をも招く。

犬浦は今脂質こそ制限しているが、糖質に関しては強い制限を課していない。

本来であればそれで摂取した糖質も基礎代謝で十分消費してしまえるのだが、自律神経が乱れるとそうはいかなくなることがあり、体重の増加につながるのだ。

ただ、普段楽しげな犬浦を見るに、ストレスという線もないかなと俺は思ったのだが……。

『……ストレス……』

犬浦はポツリと呟《つぶや》き、『あ』と声を上げた。

「心当たりがあるか」

『……えっと……』

俺が尋ねると、犬浦は口を濁した。

ということは、あるんだな、何か強いストレスを感じるようなことが。

「もし何かあるなら、話してくれないか」

俺は前のめりにならざるをえない。

『……それは、ちょっと……』

一方で、犬浦《いぬうら》の口は重い。

なぜ言えないのかと、思わず問い詰めてしまいそうになるのを堪える。

悩み事というのは、非常にデリケートな問題だ。俺は慎重に言葉を選ぶ。

「……まぁ、その、ストレスが溜《た》まることというのは、往々にしてプライバシーに関わることだったりするから、なかなか打ち明けづらいとは思う。そもそも俺が聞いたところで力になれるかどうかもわからないしな」

『………』

返事も相槌《あいづち》もないが、息遣いは聞こえてくるから、犬浦は聞いてくれているはずだ。

「ただ、それでも、犬浦のストレスの理由を俺が把握するのとしないのとでは、ダイエットの成功率に影響を及ぼすと思う。だから守秘義務も守るし、ところどころぼかして話してくれたってかまわないんだ」

『………』

俺はおそるおそるながら、犬浦に語りかける。

「とにかく、頼ってくれないか。俺は――、」

君が悩んでいると知りながら、見て見ぬふりはできないんだ、君のことが好きだから。

……などとは、言えるはずもない。言うべきタイミングでもない。

「……俺は犬浦の、パーソナルトレーナーなんだから」

それもまた、嘘偽《うそ》りのない本心だ。

パーソナルトレーナーとして、犬浦の成功を心から願っている。

犬浦から悩み事を引き出すための、真摯《しんし》な説得のつもりだった。

が、

『――それ。そういう言い方、やめてよ』


冷ややかで鋭い犬浦の一言が、俺の鼓膜《こまく》を刺す。

「……え……」

俺は面食らってしまって、とっさに言葉を返せない。

『あ……』

犬浦も、はっと息を呑《の》む。

「…………」

『…………っ』

互いに出方をうかがって、気まずい沈黙が訪れたが、それも長くは続かない。

『……ご、ごめんっ。ちょっと、変かもわたし。ごめん。ちょっと頭冷やす！　ほんとごめん！』

「い、犬浦《いぬうら》!?」

俺が呼び止めるのもむなしく、犬浦は逃げるように電話を切ってしまった。

物言わぬスマホを握り、俺は途方に暮れる。

…………え?

ちょっと待ってくれ。理解が追いつかない。

一体、何が起きた……?

今、犬浦、怒ってた? 怒ってたよな!?

え、な、なんでだ!? 〝そういう言い方〟って!? 俺今、どんな言い方してた!?

ちょ、え、えええ!?

取り返しのつかない、重大な失態を犯したかもしれない——そう自覚した瞬間、全身から血の気が失せて、俺は平静を失った。

❤

心臓がドキドキいってる。

一方的に、須田《すだ》との電話を切ってしまった。

切った瞬間は、逃げることができたようでホッとしたけど、自分の言動を振り返って、すぐに焦りと後悔が湧《わ》いてきた。

最悪だ……やらかした……。

わたしは今、須田に八つ当たりをしてしまった。

体重が増えた原因はストレスにあるんじゃないか——そんな話を聞いて、真っ先に思い浮かんだことがあった。

それは、須田との関係性のこと。

このダイエットが終わったら、わたしと須田の今の関係は終わっちゃうんじゃないかっていう不安。

『むさし乃《の》』からの帰り道に気づいちゃって以来、わたしはずっとそのことに怯《おび》えてた。

そのストレスで体重が増えたのかもって、すんなり納得できちゃうくらいに、わたしはここのところずっと悩んでた。

そんな状況で、須田本人の口から出てきたのは、追い打ちをかけるような一言だった。


——俺は、犬浦のパーソナルトレーナーなんだから。


そう、須田はわたしのパーソナルトレーナー。

須田はわたしをすごい人だって、尊敬してるって言ってはくれてる。悪い印象は持たれてはないんだと思う。

とはいえ、結局、わたしたちはあくまでパーソナルトレーナーと、その生徒。須田《すだ》はわたしを友達とも言ってくれてるけど、わたしたちを繋《つな》いでるのはダイエットで、ボディメイクだ。実際、須田がわたしと話してて生き生きしてるのって、その話題の時だけだし。だからきっと、ダイエットが終わったら、撮影が終わったら、わたしたちはまた前みたいに疎遠《そえん》になる。

そういう関係なんだって、須田の口ぶりが言ってる気がした。

……ストレスの理由？　原因？　話してくれ？

いやいやいや、言えるわけないじゃん。

君のそういう態度のせいだよなんて、口が裂けても言えない。

だからわたしは八つ当たりしてしまった。「人の気も知らないで！」って……。

こんなの逆ギレ、言いがかりもいいとこだよね。

須田からしたら、なんでわたしがキレたのかマジでわけわかんないと思う。

しかも、一方的に電話を切って、逃げた。

……最低だ。猛烈な自己嫌悪が湧《わ》いてきて、わたしは手のひらで顔を覆う。

これ、わたし、絶対須田に嫌われた……。

終わった……。

……でもむしろ、これで逆に万事解決かもね？

もう、ダイエット終わったら疎遠になる～とか、悩む必要もないもんね？

その前に、わたしたちの関係は終わったんだから。

めでたしめでたし。

投げやりにそんなことを考えながら、わたしは手のひらで顔を覆ったまま、泣いた。


「うわあああああ！　死んだ！　俺死んだよ～！」

朝の活気で満ちる教室。木場《きば》が泣きわめきながら、俺の机の方へ寄ってきた。

「もう、今度は何？」

毎度のことに呆《あき》れながら、桃《もも》もこちらにやってくる。

何をまた木場は騒いでいるのかと思いきや、先日バックレたバイト先からまた電話がかかってきたとかなんとか。

木場は、自分はもう死んだと連呼し、悲嘆に暮れている。

その姿をぼんやりと眺めていたら、ふと俺はつぶやいていた。

「……木場？　一緒に死ぬか……？」

俺のこの一言に、木場《きば》は目を輝かせた。

「え、マジ？　須田《すだ》、俺と心中してくれんの？　うっわうれし。心強っ。来世でも一緒になろうね」

「ちょ、須田!?　木場もなに喜んでんの!?」

桃《もも》がぎょっとしているのを見て、俺ははっと我に返る。

いや、何を言っているんだ俺は!?　木場を見ていたら、つい同調したくなってしまった。

「……じょ、冗談だ。たまには乗っかってみようかと思って」

「ちぇ～。冗談かよ～。有終の美を飾れると思ったのに……ぬか喜びさせられた！」

「何言ってんのほんと」

俺は慌てて平静を取り繕ったが、内心は穏やかではない。

昨晩の、犬浦《いぬうら》との電話の一件――それがまだ尾を引いて、俺のメンタルは大きく乱れていた。

しっかりせねばと頭を振っていると、木場がせがんでくる。

「じゃあ心中はしなくていいから、せめて今日くらい筋トレ休んで遊びに付き合ってくれよ～。俺をぬか喜びさせたお詫《わ》びにさ～」

「木場、そういう誘い方は良くないよ」

桃はたしなめてくれたが、俺は少し考えて、首を縦に振った。

「……いや、いいな。遊ぼう」

「「え？」」

「ちょうど今日はレスト日にしようと思ってたんだ」

木場も桃も予想外だったのだろう。キョトンとしている。

しかしレスト日にしようと思っていたのは本当だ。

実は昨晩、俺はいつも以上の高重量セットを組んで、脚を追い込みに追い込んだのだ。

そうしてテストステロンを分泌させ、犬浦にまつわるネガティブな感情を吹き飛ばそうとした。

これまでの俺は弱気になったとき、そうやって己を鼓舞《こぶ》して乗り越えてきた。

……ただ、今回ばかりはその目論見《もくろみ》がうまくいかなかったが……。

ともあれ俺が誘いに乗ると、木場は途端にはしゃぎだす。

その一方で、

「……須田……？」

桃は俺に、訝《いぶか》しげな目を向けてくるのだった。

放課後。俺たちは学校近くの複合アミューズメント施設でボウリングをすることにした。

わいわいと他愛もない雑談を交わしながら、次々に玉を投げていく。

目を浴びていた。……のだが、俺たちのレーンは、近隣でプレイしている別グループの人らからも密《ひそ》かな注

スコアマシンからストライクのファンファーレを連発させている人間がいるからだ。

誰あろう、木場《きば》である。

「——ほい」

気の抜けた掛け声とともに投げられた木場の玉は、えぐるようにしてピンをなぎ倒す。

その精度はすさまじく、レーン頭上のスコア画面には、黒の蝶ネクタイが並んでいた。

「木場って……ほんと面白いよね……」

「投げ方も、お世辞にも綺麗《きれい》とはいえないんだがなぁ……」

桃《もも》がいい意味で呆《あき》れたように笑い、俺も頷《うなず》く。

木場はバイトや日常生活ではトラブルを起こしまくりなので、鈍くさいかと思われがちだ。

しかし実はこの男、スポーツや芸術において類《たぐ》いまれなる才能を発揮する、天才肌である。

カラオケでは度肝を抜かれるような歌声を聞かせてもらえるし、授業中に鉛筆一本で描いたネジの落書きは、あまりにもリアルすぎるということでテックトックでバズっていた。

そういったエピソードに事欠かない男なので、木場と遊びに行くのは素直に楽しい。

そして、気も紛れる——。

「——はぁ、腕が痛いや。これ夜にはもう筋肉痛だろうなぁ。ここは握力になるのかな」

ゲームが進んで、投球を終えた桃が腕をさすりながら戻ってくる。

「ああ」

入れ違いに木場がレーンに向かっていって、俺は相槌《あいづち》を打った。

「それに不思議と背中が結構来てるんだよね。足腰に来るならわかるけどさ」

「……ボウリングは体幹を使うだろうからな」

そう返事をする俺の隣に、桃は腰を下ろす。

かと思うと、俺の顔を覗《のぞ》き込んできた。

「……須田《すだ》さぁ、なにかあった？」

「え？」

不意に言われ、俺は面食らう。

問いかけの体ではあったものの、桃の眼差《まなざ》しは確信めいていた。

「今日、朝からちょっと変だよ。今だって、いつもだったら筋肉トークに入る流れなのに」

そこまで言われてから気がついた。

そうか、桃は今、俺に筋肉の話題を振ってくれていたのか。

いかに自分が心ここにあらずでいたかを思い知って、申し訳ない気持ちになる。

「いやー、俺今日調子いいわー。自己ベスト更新するかもしんないなーこれ」

木場がまたもストライクを出して、意気揚々《ようよう》と戻ってくる。

となると次は俺の番だが、桃《もも》からの問いかけに答えないまま行くのも憚《はばか》られる。

そうしてまごついていると、木場《きば》もこの微妙な空気感を察したようだ。

「ん？　何この空気。何の話してた？」

「今日の須田《すだ》、なんかちょっと変じゃないかなーって話」

「わかる！　須田、今日調子悪いよなー。元々ボウリングそんなうまくないけどさー、もっといけるっしょ！　須田なら！」

「いやボウリングの話じゃないから……。で、なにがあったの？　須田」

桃は控えめな性格だ。そんな桃がここまで踏み込んでくるのは珍しい。

ただの興味本位でないことは、その表情でわかる。

優しくも心配そうで、そしてどこか、さみしげだ。

「……別に、そんな……」

俺は反射的に、なんでもないような口ぶりをしかけた。

けれど、俺の不調を悟られていて、こうして心配までかけてしまっているのに、なお口を閉ざすのか。それはもはや、桃への裏切りではないか。

桃の眼差《まなざ》しは、俺にそう思わせるには十分だった。

「……いや、実は今、とある人からのボディメイクの相談に乗ってて……パーソナルトレーナーの真似《まね》事みたいなことをしてるんだが……」

だから俺は観念して、あるいは意を決して、少しずつ胸の内を明かしていく。

「ああ。うん。そんな話、ちょっと前にしてたね」

「！　女のあれか！　そういえばなんか有耶無耶《うやむや》にされたけど！」

「その相手と、ちょっとギクシャクしてるというか、なんというか……」

「なるほどね……」

「そんなもん相手が悪いよ。須田は何も悪くない」

「まだ何も聞いてないでしょ……。ギクシャクしちゃった原因ってなんなの？」

「それが、肝心のボディメイクがちょっとうまくいってなくてだな。どうもその原因がストレスにあるらしく、本人的にも心当たりがあるみたいなんだが……何にストレスを感じているのか、悩んでいるのか、それを教えてくれないんだ」

「へえ……」

「で、聞き出そうとしたら怒らせてしまったようで……」

「あー、なるほど」

桃は聞き上手だし、木場も木場なりに俺の肩を持とうとしてくれているしで、思いの外《ほか》すらすらと言葉が出てきた。

昨晩の犬浦《いぬうら》とのやりとりの中で、俺の落ち度はどこにあったのだろうか。

俺の何が悪かったのだろうか――。

「しつこく聞いたの？」

「いや、俺の主観ではそんなこともないと思うんだが……」

「じゃあ須田《すだ》は悪くねえじゃん。そんな女ほっとけほっとけ。縁切れ。絶交だ」

「うーん。今聞いた限りだと、須田が理不尽に責められてるような印象だから、木場《きば》の言うことも一理あるなって、僕ですら思うかな。別に須田が気に病むことじゃなくない？」

「………………」

木場のみならず桃《もも》にまで俺は悪くないと言われてしまうと、ホッとする半面、困りもする。

俺に原因があるのなら、犬浦《いぬうら》に謝罪して、それを改めればいいだけの話。状況打開の道筋は至ってシンプルだ。

しかし俺に非はないとなってしまうと、俺の方に打つ手がなくなる。

木場たちの言う通り、そんな相手など放っておけと、そういう話になってしまう。

けれど――、

「でも、須田的にはそうはできないんだ？」

「……まぁ、その……」

そのとおり。放っておけない理由が、俺にはある。

あるのだが……桃がじっと俺をうかがっているのに気づき、俺は焦った。

今にも桃の口から「それはどうして？」と問い詰められてしまいそうで、そしてその答えを打ち明ける覚悟まではまだできていなかった。

「おっと、俺の番か……」

だから俺は、白々しくも会話を中断して、そそくさとレーンに向かう。

ずっしりと重い玉を、そぞろな気持ちで放り投げる。

玉は真っすぐ、ピンのど真ん中に突っ込み、快音を響かせた。

しかし一番奥の両端、二本だけが残ってしまった。ピンの残り方としては最悪の、いわゆるスネークアイというやつだ。

スペアは無理だろうから、どちらか一本を倒そう——次の投球を考えながら、ふと振り返る。

すると、木場が愕然《がくぜん》とした面持ちで俺を見ていた。

「……は？　え？　ちょ、待て待て待て。……え？　マジで？」

そして狼狽《ろうばい》したように、俺と桃を交互に見やってうわ言を漏らす。

一体なんだろうか。俺が戸惑っていると、木場はズバリ俺に言った。

「須田お前、その女のこと好きなん？」

「…………」

俺は固まった。

かたや、桃はため息をつくのだった。

「ハァ……もう、木場のバカ。なんで段取りすっ飛ばして聞いちゃうかな……」

「………っ」

桃《もも》のその口ぶりは明らかに、薄々察していた人間のもので——俺の身体《からだ》は発火した。

「うわ！　須田《すだ》の顔が、あのポーカーフェイスが、わかりやすく赤い！　ク、クロだー！」

ついにバレた。なんなら桃にはバレていた！

得も言われぬ気恥ずかしさが血管を駆け巡り、汗が噴き出す。

折よくガコンガコンと音を立てて、ボウリングの玉が戻ってきたので、「スペアいけるかなあ」とすっとぼけながら二投目を投げようとする。

しかし木場《きば》が逃してくれない。

「いいから！　座れ！　——って、あっつ！　体アッツ！」

引きずられるようにベンチに座らされ、木場と桃に挟まれる俺。

二人からの圧は強く、自然と肩も縮こまる。

こうなるともう白状するほかなく、俺は頭を下げるのだった。

「……す、すまん……その、隠してたとかじゃないんだが……」

「謝る必要ないから。そりゃ言いづらいよね。木場がこんなんじゃ」

「俺のせいなわけなくね!?　それより相手は!?　ねえ、相手誰!?」

「そ、それは……」

犬浦《いぬうら》の名前まで出してしまっていいものかどうか……。

グイグイ来る木場に困っていると、桃が助け舟を出してくれる。

「言わなくていいんじゃない？　相談持ちかけられた相手だもん。名前出しちゃマズいでしょ」

さすが桃……お前の気遣いは宇宙一だ。

うんうん、それそれと俺は頷《うなず》く。

「なんでだよ！　聞き出そうぜこの際！　洗いざらい！」

木場はなお食い下がってこようとしたが、桃がピシャリ。

「いいって。……大体僕、予想ついてるし」

「「!?」」

これには木場だけでなく、俺も驚いた。

呆気《あっけ》にとられる俺がおかしいのか、桃はふっと笑う。

「怒ると怖そうだよね、相手の人」

その微笑《ほほえ》みで、声音で、不思議と「ああ、桃は本当にわかってるんだろうな」と直感した。

桃が思い浮かべているのはきっと、正しく犬浦だ。

そう思ったら、自然と俺の口元もほころんだ。

「ああ……。怖いな」

あんなに気恥ずかしくて、どうにも照れくさくて、犬浦への気持ちを明かせずにいたのに、
なぜだろう。

桃《もも》が俺の気持ちを知ってくれているとわかった途端、不思議と心が軽くなった。

「……おい……二人だけで通じ合ってんじゃねえ……俺だけ仲間外れにするな……しないで……おねがい……さみしくてしんじゃう……」

「す、すまん木場《きば》。いずれちゃんと話すから」

いや、ここまできたら俺としても犬浦《いぬうら》の名前を出すこともやぶさかではないのだが……。

しかしやはり犬浦のプライバシーの保護は大事なので、もう少し辛抱してくれ、木場。

「確認なんだけどさ、須田《すだ》の気持ちって相手に伝わってるの?」

桃の質問に、俺は頭を振った。

「い、いや、そんなわけない！　俺の一方的な片想いだし、パーソナルトレーナーとしての務めは私情を挟まずに全うしてる！　……つもりだ……」

「そっか。逆に、お相手は須田のことどう思ってるのかな」

「……自惚《うぬぼ》れかもしれないが、悪い印象ではないと思う……。その……尊敬してるっていう風に言ってもらったこともあるし……」

「へえ！　すごいじゃん！　いい感じじゃん！」

「いやいや……それってリップサービスか、『恋愛感情とかはないですから』っていう遠回しな牽制《けんせい》じゃ——ぐほぉ」

桃は俺に気を遣い、肘打ちで木場を黙らせてくれる。

しかし木場の言い分も、一概に否定できない。結局、悩みを打ち明けてもらえないんだからな。

「……いや、木場の言う通りかもしれない。あるいは本心では良く思われていないのか……」

信頼されてないのか、あるいは本心では良く思われていないのか……」

俺は犬浦の言動の表面的な部分だけを真に受けて、ただ浮かれていただけなのでは……。

そう考えるほどに打ちひしがれて、俺は力なくうなだれた。

すると、「ねえ、須田?」と桃に呼びかけられる。

それで面を上げて、俺は少し驚いた。

あの桃が珍しく、怒ったような顔をしていたからだ。

「須田がこれまでその子のことを僕らに言えずにいたのってさ、僕たちのことが嫌いだから？

信頼してないから？」

「え……そう、なん……？　須田、俺たちのこと嫌いなん……？」

桃はそう非難めいたことを言い、木場はそれを受けて愕然《がくぜん》とする。

トゲのある視線を二人から向けられ、俺は慌てた。

「!?　ち、違う！　断じてそんなことはない！」

「お、だよな！　よかった〜」

「……いや、正直、木場が騒ぎそうというのは結構あったんだが……」

「!?」

「で、でも、嫌いとか信頼してないとかそういう感情ではないんだ！　なんというかその、やっぱり、気恥ずかしいというか……そういう気持ちが大きくて……！」

言い訳に聞こえるかもしれないが本心だ。

俺が切実に訴えると、桃《もも》は膨れ面をふっと緩ませる。

そして「だよね」と頷《うなず》いて、優しく微笑《ほほえ》んだ。

「自分の中に抱えてるものを人に言えないのって、別に嫌いだからとか信頼してないからだとか、それだけが理由じゃないでしょ」

「あ……」

諭されて、俺は息を呑《の》む。

「身近で親しい人だからこそ言いづらいってことも全然あるよ」

「そう、か……それもそうだな」

つい悲観的になって、物事を悪い方へと考えてしまっていた。

けれど、桃の言うとおりだ。

俺が桃や木場《きば》に対してそうであったように、黙秘の理由が必ずしも、信頼不足とは限らない。

ならば、犬浦《いぬうら》が向けてくれた笑顔も言葉も本物だけれど、本物だったからこそ言えなかったという可能性だってあるはずだ。

徐々に俺のメンタルが持ち直されていく。行動に移さねばという焦燥感《しょうそうかん》にすら駆られる。

それは傍《はた》から見てもわかるのか、桃が相槌《あいづち》とともに俺の背中を押す。

「うん。どのみちさ、理由はどうあれ、その人が抱えてるものを打ち明けてもらうには、『この人になら言っても大丈夫かな?』って安心してもらうしかないね」

「安心……」

「うん。まぁ、具体的にどうすればいいかまではわからないから、何のアドバイスにもなってないんだけどさ」

そう言って桃は微苦笑を漏らすが、俺は頭を振る。

「……いや、まったくそんなことはない。ありがとう、桃。おかげで、俺がなすべきことの方向性は見えた」

桃のアドバイスで摑《つか》めたものは、まだまだおぼろで、曖昧《あいまい》だ。

けれどこの手応えこそはきっと、問題解決のための糸口だ。

この糸口を手繰《たぐ》り寄せた先に、犬浦の心を開く方法がきっとある。

……そう考えると、身も心もそわそわして、もはやボウリングどころではない。

そんな俺の身勝手さすらも、桃はお見通しらしい。くすりと笑って言う。

「居ても立っても居られないって感じだね。いいよ。今日はもう、先に帰ったら?」

「え、けど……」

桃の申し出はありがたい。

しかし木場《きば》の存在が、俺の後ろ髪を引く。

「…………」

隣を見ると、木場が口をへの字に曲げて、わかりやすく憮然《ぶぜん》としていた。

これは行かせてくれないかな……と思ったが、木場はふてくされたまま立ち上がり、スタスタとレーンの方へ歩いていった。

そしてこちらには視線をよこさず、しっしっと手だけ振る。

「おう、行け行け。須田《すだ》の分は俺が投げといてやるから」

そういえばまだ、二投目を投げていなかった。

レーンの最奥の両端に、二本のピンが残っている。

「……すまん」

俺は逡巡《しゅんじゅん》するも、木場にぺこりと頭を下げた。木場と桃《もも》と遊ぶのは本当に楽しいのだが、今はもう、気持ちが犬浦《いぬうら》の方に向いてしまっている。

桃も「木場は僕に任せて」と目で言ってくれている。

なので俺は制服を羽織り、荷物をまとめた。そして足早に立ち去ろうとした、その間際だ。

「……あー、行く前にこれだけ見てけ、須田」

木場が、俺を呼び止める。

木場は片手に玉をぶら下げて、冷めた眼差《まなざ》しをレーンに注ぐ。

そして、

「ピン占いな。二本とも倒せたら、須田はその女と上手《うま》くいく。倒せなかったら……破局する」

言いながら、木場は投球フォームに入った。

俺も桃も顔を見合わせて息を呑《の》む。

繰り返しになるが、現状のピンの残り方はスネークアイと呼ばれるものだ。

そしてそれは超高難度の残り方として有名で、成功率一％以下と言われるものなのだ。

それで占い？　倒せなかったら、俺と犬浦は破局？

そんなの、占いなんて言えない。

たちの悪い嫌がらせだ。

「あ、ちょ、木場!?」

桃が止めようとするも時すでに遅く、木場は玉を放った。

独特な、されど勢いのあるフォームで放たれた玉は、高速で右端のピンをかすめる。

「――よし」

フォロースルーの体勢で、木場が小さくつぶやいた。

右端のピンは快音とともに激しく跳ね回って、左端の残る一本をも巻き込んだ。

そして――二本ともレーンの奥へと吸い込まれていった。

スペアのファンファーレがスコアマシンから鳴り響いて、近隣のレーンからも拍手と歓声が巻き起こる。

「えええええ!?　す、すっごーい！」

「木場《きば》……」

目を疑うような光景に、桃《もも》は仰天し、俺は言葉を失《な》くす。

そして呆然《ぼうぜん》と立ち尽くしていると、木場が俺を振り返った。

「……良かったな、須田《すだ》。運はお前に味方してるぞ」

いじけていたり、ふてくされている様子は、微塵《みじん》もなかった。

「自信持って、ドーンといけ」

この真剣な眼差《まなざ》しが、熱い言葉が、嫌がらせなんかであるはずがなかった。

木場は、一％以下の奇跡の実演で、俺を激励してくれたのだった。

「…………っ」

心が震えて、やはりすぐには言葉が出ない。

運が俺に味方してる？

違うだろ。

俺の味方をしてくれてるのは運じゃない。

お前だ。

お前たちだ。

「――……ああ、この埋め合わせは必ずする！　ありがとうな！　木場！　桃！」

ようやく感謝の言葉を絞り出して、俺は踵《きびす》を返した。

今ならなんでもやれそうな気がして、自然と前のめりになり、足取りも逸《はや》る。

例えば犬浦《いぬうら》みたいな子と付き合うなんて、俺みたいな筋肉オタクでは九九％無理だ。

けれど、一％でも可能性があるなら、それは十分起こりうる奇跡なのだろう。

ましてや、付き合うまでいかずとも、犬浦と仲直りするくらいなら、犬浦から悩み事を聞き出すくらいなら、さらに可能性は上がるはず。

ならばそれは奇跡ですらない。

十二分に実現可能な未来だ。

そう考えたら、これまで落ち込んでいたのが嘘《うそ》のように、いける気がしてきた。

それはまさしく、高強度の筋トレでテストステロンをドバドバ分泌されているような感覚で

――そこで、はたと気がついた。

ああ、俺は馬鹿だと。

俺はこれまで、筋トレさえあれば自分で自分を奮い立たせられると思っていた。

自信をなくしたり、落ち込んだり、不安になったりしても、自分一人の力で立ち直って、自分で自分の背中を押せると思っていた。

けれど、そんなことはなかった。

これまで気づかなかっただけで、俺は友達に、周囲の人に、見守られていたし、支えられていたのだろう。

そんな己の驕《おご》りや、ちっぽけさや、弱さに気づけてよかった。

俺の足取りに宿った力強さは、筋トレでは決して得られないものだった。

俺は、いい友達を持った。

❤

ノートの隅っこにワンちゃんとか猫ちゃんとかウサちゃんとかの落書きを量産していたら、周りが急に賑やかになった。

顔を上げると、教室のみんなが部活に行ったり帰り支度をしてる。

いつの間にか六限の授業が終わってたらしい。

須田《すだ》に嫌われたかもしれないって、もうおしまいだって、モヤモヤぼーっと考え事をしてたから、終業のチャイムが鳴ったことにも気づかなかった。

「よー犬浦《いぬうら》ー、スタパの季節限定メニューが超美味《おい》しくてさ。白瀬《しらせ》と行ってくるけど、犬浦も行くか？　あっはっは」

すっかり帰り支度を整えた秋津《あきつ》が、わたしをからかって笑う。

ダイエット中のわたしが、行くわけないと思ってる。

けど、

「……うん、行く。行きたい」

今日のわたしにとって、その誘いは好都合だった。

秋津がキョトンとする。

「え？　ダイエットは？」

「脂質が低いメニューもあるから平気」

「私たちは甘いのガンガン頼むけど〜？」

白瀬もぽてぽてと寄ってきて言う。

わたしはテキパキとバッグに教材を詰め込みながら答えた。

「うん、全然いいよ。我慢するから平気」

「お、そう？　じゃあ久々に行くか！」

ご機嫌で教室を出ていく秋津。その後ろに、わたしも続いていった。

「う〜〜ま〜〜〜〜！」

旬なフルーツのシロップと、カラフルなスナックがふんだんにちりばめられた生クリームを頬《ほお》張って、秋津《あきつ》は歓声を上げた。

今の季節限定のパフェ、見た目からしてとんでもなく美味《おい》しそうだ。

正直わたしもめちゃくちゃ食べたい。一口ちょーだいって言いたい！

「うぅ……！」

けど、わたしはダイエット中の身。しかも絶賛増量中。

糖分も脂質もゼロのホットティーをずるずると啜《すす》って、泣く泣くお口をごまかした。

「そんな辛《つら》いならなんで来たんだよ」

秋津が呆《あき》れるのもしょうがない。

こんな羨《うらや》ましそうに人の食べ物をガン見するやつは、そもそもこういう店に来ちゃダメ。

それはわかってるんだけど……でも、どうしても今日だけは一人でいられなかった。

わたしはちょっとだけ勇気を出して、話を切り出した。

「……あのさ、ちょっと相談というか、聞いてほしいことがあるんだけど」

「ああ、そういうこと。なに？」

「うん……。友達の話なんだけどさ」

うそ。ホントは自分の話。

「おー」

「……友達の話、ねぇ～」

幸い二人とも信じてくれたみたいだから、わたしはそういう体で話を続ける。

「そう。その友達には好きな人がいるんだけどさ、相手からはそういう目で見てもらえてないっぽいんだって。むしろちょっと、一線を引かれてる感じがするんだって」

「へ～。押しが弱いんじゃね」

「や、でも結構アピってるよ。……本人が言うには」

「アピってるのに一線引かれてんなら、普通に嫌われてんじゃね」

「……うあ……」

弱々しいうめき声が自然と漏れる。

心のどこかで前向きな言葉を期待してしまっていただけに、秋津の容赦《ようしゃ》ない言葉は余計にわたしのハートにブスブス刺さる。

ちょ、待って秋津……？　手加減て知ってる……？

「それで～？　その友達がなんだって～？」

「……友達、そういう状況にモヤモヤしちゃって、一人で勝手にストレス溜《た》めて、相手に八つ当たりしちゃったんだって……」

わたしはぽしょぽしょと告白した。

昨日の出来事は、ただただ一方的にわたしが悪いっていう自覚があった。

嫌われても仕方ないとも思ってた。

「あははは！　うぜー女！　そんなん嫌われるに決まってんじゃん」

「……ですよね……」

とはいえ秋津《あきつ》のどストレートすぎる発言に、わたしはもう撃沈だ。

「……秋津～？　とどめ刺しにいくのやめな～？」

「ん？　なにが？　てかなんでそんな犬浦《いぬうら》が凹《へこ》んでんの？」

「……友達が好きな人から嫌われてたら、なんかそれ凹むじゃん……」

「え、そんな自己中な友達のために凹んでやってんの!?　おいおい犬浦、お前いいやつかよー！」

どんだけ友達思いなんだよオイー！」

「……全然いいやつじゃないよ……」

自己中でうざい女だよ……。

「まぁその友達に伝えといて。『どんまい！　次行け次！』って」

秋津はそう励ましてくれるけど、わたし的にそれは慰めにも気休めにもなってくれない。

「……次……は、ないんじゃないかな……」

「……なんで～？」

「だって、大好きみたいだし。その子、その人のこと」

秋津が言ってることはつまり、須田《すだ》との恋は諦めろってことだ。

また次の、新しい恋を見つけろってことだ。

でも、わたしにはその〝次〟なんてものが想像できない。

須田以上の男の子が、世の中にいるなんて思えない。

だからわたしには、〝次〟なんてない。

本気でわたしはそう思ってるのに、白瀬《しらせ》から返ってきたのは、うんざりしたようなため息だった。呆《あき》れすぎて、なんならちょっとイラついてまでいる視線だった。

「はぁ～あ、バッカみた～い。そういう純情乙女《おとめ》キャラ、ほ～～～んとうざ～い」

……白瀬？　友達の話とは言ったけどさ、ホントはこれわたしの話なんだ……。

だからあんまそんなズバズバ言わないであげて……心では泣いてるよ……？

わたしが内心でめそめそしていると、白瀬は一転、優しげに語りかけてくる。

「平気平気～、次もちゃんとあるよ～。そんなウブなこと言ってるの、今だけだから～」

目を細めて、唇をわずかに持ち上げたその笑みは、少しイジワルだ。

「季節限定のメニューと一緒。どんなに好きになっても、そのうち販売しなくなって、でもまた次の季節限定メニューが出てきて好きになってっていう、その繰り返し～」

言いながら、白瀬は手元の季節限定のパフェをスプーンでひとすくい。

それをぱくりと口に運んで、唇の生クリームを色っぽく舐《な》めとる。

「犬浦だってこれまでそうしてきたでしょ～？　新しい季節限定メニューが出てきたら、前の季節限定メニューのことなんてすっかり忘れて夢中になってるでしょ～？」

「…………っ」

すぐには返す言葉が出てこなかった。

正直、白瀬《しらせ》の言い分には思い当たるフシがあった。

わたしには、〝好き〟がたくさんある。好きなスイーツ、好きなコスメ、好きなドラマ、好きな動画、好きな音楽……どれも本当に、心から好き。

けど、ひとつの〝好き〟に留まらないのも事実。

次から次に新しい〝好き〟を探し求めてるし、その一方で〝好きだったもの〟が増えていってるのも、事実……。

「ひ、人の好きと、食べ物とかの好きはちがくない？」

苦しくてもなんとか言い返してみる。

けれど、

「一緒です～。だからみんな、色んな人と付き合って別れてを繰り返してるんじゃ～ん？　初恋の人と結婚してる人がどれだけいると思ってんの～？　一〇〇人に一人、つまりたったの一％とからしいよ～、たしか～」

「う……」

すぐに言い負かされちゃって、わたしは言葉に詰まる。

たしかに白瀬の言う通り。みんなそうなんだ。

みんな、本気で恋してる。

本気で〝好き〟って気持ちを相手に伝えたり、伝えられたりしてる。

でも、みんなその時は本気だけど、いずれその〝好き〟にも終わりが来て、次に向かう。

そしてそれは決して間違いなんかじゃない。

……なら、わたしもそうなんじゃないの？

白瀬の言う通り、須田《すだ》以外にいないなんて考えるのは、今だけなんじゃないの？

「〝好き〟って気持ちなんて、案外そんなもんなんだよ～。〝好き〟に振り回されてウジウジ言ってるくらいなら、さっさと手放しちゃえば～？　楽になるよ～」

白瀬はニヤニヤ笑ってる。

それはイジワルとかじゃなくて、白瀬の強さなんだと思う。

白瀬もきっと、そういう経験をして、そこまで割り切れるようになった。

その点、わたしにはそんな経験も全然なくて、恋愛力5の雑魚《ざこ》雑魚弱ギャルだ。初めてのことだらけの初恋だ。

だから、きっと、白瀬の言うことのほうが正しい。

秋津《あきつ》も言ってる通り、〝好き〟を手放してさっさと〝次〟にいくほうが、気持ち的にも健康だと思う。

「……それは、そうかもね……」

わたしは頷《うなず》く。

白瀬《しらせ》も「やっとわかった？」っていう感じでうんうん頷いてる。

わたしは、そんな白瀬を見据《みす》えて言った。

「でも、諦められないよ」

「…………」

今度は、白瀬が言葉をつまらせる番だった。

静かにびっくりしてる白瀬に、わたしは続ける。

「だってまだ、〝好き〟って伝えられてすらないもん」

みんな、本気で人を好きになって、想いを伝えて振られたり、受け入れられて付き合ってもそのうち別れたりして、新しい恋に向かう。

それはそうあるべきだと思う。

けど、わたしはそもそも、〝好き〟を伝えるっていうスタート地点にすら立ってない。

須田《すだ》への想いが不完全燃焼のままじゃ、あとで絶対に後悔する。

「……ハァ〜。あっそ〜。めんどくさ〜」

わたしの率直な想いに、白瀬はやっぱりため息をついた。

本当に、自分でもめんどくさいと思う。こんな話に付き合わせちゃって申し訳ない。

けどその口ぶりのわりに、白瀬は呆《あき》れてもウザがってもいない感じだった。

むしろ、「じゃ〜答えなんて最初から出てるんじゃないの〜？　『傷つくの怖〜い』とかなんとか純情ぶってウジウジしてないで〜、やることやれよってハナシ〜」

ぶっきらぼうだけど、言ってくれてることはまぎれもないエールだ。

尖《とが》ったところもある子だけど……白瀬のこういうところ、わたしは本当に大好き。

「はい。ですよね。すみませんでした」

なんだか背筋が伸びたようで、わたしはぺこっとお辞儀する。

須田に嫌われたかもって落ち込んでたけど、そもそもはわたしが悪かったんだから、やるべきことなんてはじめから決まってた。

謝らなきゃいけない。須田に。きちんと。

もちろん、須田が許してくれない可能性だってある。

それはとても怖い。

けど、須田のことを諦めたくないなら、その怖さは乗り越えなくちゃダメだ。

秋津《あきつ》と白瀬と話せてよかった。

凹《へこ》まされるようなことも言われたけど、おかげで少しだけ前向きになれた。

……そしたらやっぱりこの二人は頼りになるし、どうやって、なんて言って謝ろうかとかも相談してみようかな？

そんなことを考えてたら、不意に、白瀬《しらせ》が言った。

「ところでそのお友達が好きな男ってさ～、須田《すだ》だったりする～？」

「………」

一瞬、頭がフリーズした。

「……え!?」

驚きの声がようやく出るも、白瀬への返事にはならない。ただただ混乱する。

は？ え？ なんで？ なんで須田の名前が出てくるの？

え？ 待って待って待って…………………………もしかして、バレた？

「は？ なんで須田？ どっから出てきた？ てか白瀬は知ってんの？ この友達が誰か」

「知ってるも何も秋津《あきつ》アホすぎ～。そんなのもうバレバレじゃ～ん。とっくの前から～」

「あァん？ なにがアホなんだコラ。てかとっくの前からってどういうことだ」

「～～～っ！」

秋津はマジでまだ気づいてないみたいだけど、白瀬のこの口ぶりは完全にわかってる。

友達の話という体で自分の話をしていたことも、そしてその相手が須田であるということも、全部、バレてる！

しかも……え!? 〝とっくの前から〟って!?

わたしの片思いに気づいてたってこと!?

一瞬で全身が熱くなって、わたしはもう大パニックだ。

色々と恥ずかしすぎて、穴があったら入りたい！

まだそこそこ熱いホットティーをごくごく飲み干して、わたしは慌てて席を立った。

「うあ、ご、ごめん！　きゅ、急な用事思い出した！　ママにお使い頼まれてたんだった！　先帰るね！　し、白瀬も秋津も話聞いてくれてありがと！　また明日！」

「お、おう」

秋津は何が何やらって感じでキョトンとしてたけど、白瀬は呆《あき》れ顔で頬杖《ほおづえ》をついてる。

いつからバレてたんだろう。なんでバレてたんだろう。

疑問はたくさんあったけど、それを聞くほどの余裕もなくて、わたしは逃げるように店を飛び出した。

そのあとすぐに、ラインの通知が鳴った。

なんとなく、白瀬からの追撃かなと思ったけど、須田だった。

開くのに勇気がいったから、少し時間をかけてから開いてみた。

『明日の放課後、時間をくれないか』

手短で事務的な、須田らしいそのラインに、わたしも手短に返事を送った。

『うん。わたしも話したいことあるし。何時にどこがいいかな?』

須田《すだ》からの呼び出しの理由は、言われるまでもなくわかってる。

間違いなく、ここへ来てのわたしの体重増加について……あと、わたしが須田に八つ当たりしちゃった件についてだと思う。

ただ、何を言われてるかまでは読めない。

須田はもうわたしに愛想を尽かしてて、『パーソナルトレーナーなんてやめやめ！　ダイエットなんて勝手にやれ！』って絶縁宣言を突きつけられる可能性もあるわけで……。

わたしが謝っても許してもらえない可能性もあるわけで……。

そんなことを考えて胃をキリキリさせていたら、翌日の放課後はすぐにやって来た。

須田に呼び出された場所は、学校のトレーニングルームだった。

なんでトレーニングルーム？　って思ったけど、わたしは体重増加中の身。もしかしたら、めちゃくちゃ走らされたり筋トレさせられるのかもしれない。

須田は『ダイエットは運動よりも食事管理！』なんて言ってたけど、さすがにそんな悠長なことも言ってられる状況じゃないだろうし……ありえる……。

わたしは運動が苦手だから、そうなったらなったで憂鬱《ゆううつ》だ。

とはいえ、それを拒否できるような立場でもない。

だからわたしはそういう展開に備えて、ジャージに着替えて、体育館履きも持参して、トレーニングルームに向かった。

校舎を出て、渡り廊下を通って、体育館に入る。

一歩一歩トレーニングルームに近づくごとに、緊張が増す。

ジャージのジッパーを一番上まで上げて、口元まで隠す。ついでに手も袖の中に引っ込めた。

そうやって亀みたいに縮こまってから、トレーニングルームの引き戸に指先をかける。

なんて言って謝ればいいかはわかってない。心の準備も整ってない。

けれど、逃げるわけにも須田を待たせるわけにもいかないから、びくびくしながら、引き戸を引いた。

トレーニングルームはガランとしていて静かだった。

一瞬、誰もいないのかなとすら思った。

それでキョロキョロしながら中に入ったら、奥のベンチに須田はいた。

「おお、犬浦《いぬうら》」

「う、うん」

軽く手を上げる須田に、わたしもぎこちなく頷《うなず》いて返す。

須田はトレーニングウェアを着ているし、軽く息も弾んでるから、わたしが来るまで筋トレしてたのかもしれない。

そしてぱっと見で、「あ、須田、怒ってるかも」って思った。

須田《すだ》の声色は冷静だし、表情もポーカーフェイスだ。

いつも通りっていう感じ。

けどその〝いつも通り〟が、今は怖い。

いつもならそのポーカーフェイスも、クールで落ち着いてるって思える。そこが須田のかっこいいところじゃんって、デレデレしちゃう。

けど、今はちがう。いつも通りのポーカーフェイスが、怒ってるように見えてしまう。

だからもう、わたしは須田と目を合わせられなかった。

「こ、この前はほんとうにごめんなさい……。わたしのせいで、変な感じになっちゃって……」

謝罪の言葉はするっと出てきた。けど、心の底からの謝罪じゃないような気がした。

一秒でも早くこの場から逃げたくて、さっさと用件だけ伝えようとして、口先だけで謝ってるような気が自分でもした。

それくらい、須田のことが怖かった。

「ああ……」

須田は重々しく頷《うなず》いて、ゆっくりベンチから立ち上がる。

「そのことでな、犬浦《いぬうら》に伝えたいことというか、見てほしいものがあって、来てもらったんだ」

「…………っ」

わたしはびくびくしながら身構える。

きっと須田怒ってるし、本当に絶縁宣言されちゃうかも。

そう思っていたら須田は――、

突然、トレーニングウェアを脱ぎだした。

「――って、ええ!?　ちょ、須田!?　なになになに!?」

「大丈夫だ。落ち着いてくれ」

「いや無理だし！　落ち着けるわけないから！　なにが大丈夫なの!?」

わたしはプチパニック状態だけど、須田は止まらない。

上半身裸になって、下はショートパンツの裾をたくし上げる。体育館履きと靴下も脱ぎ捨てて、太ももからつま先まで剝《む》き出しにする。

半裸だ。

制服姿でもわかるくらい体格がいいだけあって、腰回り以外の布という布を取っ払った須田の身体《からだ》は、びっくりするくらい筋肉ムキムキだ。

本当にすごい。いや、すごいんだけど、状況が状況だけに、感心するより戸惑いと動揺が上回る。

急に脱いで、なに？

まさかわたし、襲われる？

須田《すだ》に限ってそんなことしないだろうけど、そんな想像すら湧《わ》いてきちゃって、わたしはじりじりと後ずさる。

それと、ほぼ同時だった。

「ふんっ！」

半裸の須田は、気合の声を上げた。

片脚を少しだけ前に出して、左右の拳《こぶし》をお腹《なか》の前で合わせて、全身を力ませた。

筋肉の起伏が強調されて、全身に深い溝が走る。

それは、ボディビルダーの人がよく取るポーズだった。

率直にすごいって、大きいって、びっくりしたし、感心した。

それになんだか人体模型を見てるみたいに、全身の筋肉の構造がよくわかって、人の身体《からだ》ってキレイだなってふと思った。

ただ、わたしが一番目を奪われたのは、須田の身体じゃなくて、顔だった。

須田は筋肉ムキムキポーズを取ったまま、笑った。

ふとした瞬間に小さく噴き出したり、頬《ほお》を緩ませたり、微笑《ほほえ》んだりしてるのは、これまでに何度か見たことがある。

けど、今須田が浮かべているのは、そんな笑顔じゃない。

おでこも眉間《みけん》も口角も力みすぎで、ぎこちないけど……無理してるのは明らかだけど、それは、「ニカッ!」って感じの満面の笑みだった。

「……どうして犬浦《いぬうら》に相談してもらえないのか、悩み事を打ち明けてもらえないのか、自分なりに考えてみた」

「え?」

須田はそのポーズ、その笑顔をわたしにまっすぐ向けたまま、話し出す。

「俺にはきっと、〝安心感〟が不足していた。こんな仏頂面で、理屈っぽい人間には、たしかに相談なんてしづらいと思った」

「あ……」

わたしは小さく息を呑《の》む。

須田が言っているのは、あの電話でのこと。

悩み事があるなら言ってくれって、須田にそう詰め寄られて、わたしは須田にやり場のない苛立《いらだ》ちをぶつけてしまった。

わたしが須田に悩みを打ち明けられなかったのは、わたし自身のせいだった。

なのに……須田は、原因が自分にあるって思い込んでるらしい。

半裸の男がマッチョポーズで笑ってるっていう、ふざけた状況だけど、須田は大真面目《まじめ》に続ける。

「じゃあ、どうすればその安心感を犬浦《いぬうら》に持ってもらえるか、自分なりに考えてみた。——その答えがこれだ。話しやすい雰囲気……つまりは、笑顔」

須田《すだ》の作り笑顔に、さらに力がこもる。

よかれと思ってやってるんだろうけど、ますますぎこちなくて、不格好だ。

でも、それが須田なりの、わたしへの思いやり。

「俺は、あんまり人付き合いが上手《うま》くない。犬浦は知ってるだろう。今でこそ俺には桃《もも》や木場《きば》みたいな友達がいて、柔道部やラグビー部みたいな筋トレ仲間もいるが、中学時代には友達が少なかった。だからその……未《いま》だに感情表現に乏しいところがある」

うん。そうだね。

須田、中学生の時は地味なメガネの真面目《まじめ》優等生くんだったもんね。

ぶっちゃけ暗かったし、友達と楽しそうにしてるところとかも見たことなかったし、ポーカーフェイスは今も昔も変わってないね。

「ただ、見てくれはこんなだが、中学時代より俺は強くたくましくなったと思う。人間的にも柔らかくなったと思う」

あぁ……それもそうだね。ほんとそう。

もともと面倒見はすごく良かったけどさ、こんなことしてまで、人の悩みを聞こうとしてくれるだなんて思わなかったよ。

須田は一度大きく息を吸って、改めて全身と顔面に力を込めて言った。

「だから安心してくれ、犬浦。これが一三〇キロのバーベルも受け止められる大胸筋だ。犬浦の悩み事がどんなに重い内容だったとしても、必ず受け止めてみせる」

大真面目にかっこいいこと言ってるのに、半裸で、ポーズ取って、不格好な作り笑顔。全部がちぐはぐで、何一つ噛《か》み合ってない。

そもそも、安心感を与えるために半裸になるってどういうこと？

その作り笑顔も逆に胡散臭《うさん》いんだけど？

筋トレしすぎて一般常識忘れちゃった？　発想が斜め上すぎてびっくりしちゃうよ。

けど……なんとかしようっていう須田の気持ちは、真っすぐに響いてきて——緊張の糸が、プツンって切れた。

「——ぷふっ。ふふ、あははははは！」

わたしは思わず噴き出す。

お腹《なか》を抱えて、目尻《めじり》に滲《にじ》んだ涙を拭う。

「あー……ウケる。須田ってさ、すごい頭いいのにバカだよね？　わたしに言われるくらいだから相当だよ？」

つい、失礼な本音もぶっちゃけちゃった。

「お、おぉ」

須田《すだ》は作り笑顔を引っ込めて、「あれ？　なんか間違えたか？」って顔してる。

だからすぐに付け足した。

「けど、ありがと。それと、この前は本当にごめんなさい。あれ、完全にわたしが悪いから、須田は気にしなくていいんだ」

須田の気持ちが嬉しくて、それもスルッと言葉にできた。改めて本心で謝れた。

それに、たしかに、安心できた。

だからわたしは一度深呼吸して、気持ちを落ち着かせてから、打ち明ける。

「……それで、ストレスの原因に心当たりあるんだけどさ、聞いてもらってい？」

「！　ああ！」

「重いよ？　すっごく。須田、引くかも」

「大丈夫だ。引かない」

「……じゃあ言うね。パーソナルトレーナー役を買って出てくれたことは嬉しいし、ありがたかったんだ。けどね、やることなすことに〝パーソナルトレーナーだから〟って言われると、なんか、一線引かれてるみたいで寂しかったんだよ」

「………………」

ポーカーフェイスの須田《すだ》が、驚いてるのがわかった。

それがどういう驚きなのかはわからないけど、ここまで来たらもう逆に、須田への想いが溢《あふ》れて止まらない。

冷静に伝えようと思ったのに、これまで抑え込んでた反動で、気持ちが高ぶる。

「せっかくまた仲良くなれたのに、ダイエット終わったらまた疎遠《そえん》になっちゃうのかなって考えたら、嫌だったんだよ……！」

ほとんど駄々をこねるみたいに、須田に胸のモヤモヤをぶつけた。

「だから……」

ごめんなさい。

ただの友達だと思ってた相手から、ダイエット指導の生徒だと思ってた相手から、こんなこと急に言われても困るよね？

うざいよね？

重いでしょ？

受け止めるって須田は言ってくれたけど、その気持ちだけで十分だから、わたしからフェードアウトしてくれちゃってもいいんだよ？

わたしの方こそ、須田の気持ちを受け止めるから——。

そう口にしかけた寸前で、

「待ってくれ！」

「っ！」

わたしの言葉を、思考を、須田が遮る。

須田にしては鋭い声だったから、きっと良くないことを言われるんだろうなって、わたしは身構えた。

けど、

「俺も、まったく同じことを考えてた」

「え……？」

予想もしなかった言葉に、わたしは呆然《ぼうぜん》とさせられた。

「まず、俺は一線を引いてたわけじゃない。パーソナルトレーナーという口実がないと、犬浦《いぬうら》と関われないと思ってたんだ」

須田は前のめりになって、一生懸命に訴えかけてくる。

「裏を返せば、ダイエットが終わって犬浦のパーソナルトレーナーでなくなったら、俺はお役御免で、また疎遠になると思ってた。……それを、名残《なごり》惜しく思ってた。せっかくまた、仲良くなれたのにと……」

さっきの作り笑顔なんて嘘《うそ》みたいで、いつものポーカーフェイスですらなくて、須田の顔に今浮かんでいるのは、弱さだった。

いつも冷静で頼もしいあの須田《すだ》が、情けない本音と表情をさらけ出してた。

パーソナルトレーナーじゃないとわたしと関われない？

なにそれ。意味わかんない。そんなわけないじゃん！　って、一瞬もどかしく思ったけど、すぐにハッとした。

「……ほんとだ。わたしたち、同じこと考えてたんじゃん」

わたしも、ダイエットが終わったら須田が遠くに行っちゃうって思ってた。

「ああ……みたいだな……。驚いてる」

二人して同じこと考えてて、それで、すれちがってた。

「「…………」」

え？　なにそれ、そうだったの？　って、拍子抜けしちゃった。

たぶん、それは須田も同じなんだと思う。

だから目と目を合わせて、二人してぽけっとして——先に口を開いたのは須田だった。

「……犬浦《いぬうら》、ダイエットが終わっても、学食でも屋上の踊り場でもどこでもいいから、また昼飯を一緒に食おう」

「え……あ、うん！　食べよ！」

須田からの願ってもない提案に、わたしは飛びつくように頷《うなず》く。

「ラインも送っていいか。他愛もない世間話もさせてくれ」

「うん！　しよしよ！」

「『むさし乃《の》』にも、改めて行こう」

「だよね！　マジそれ絶対！　次はわたし抹茶オレ頼むから！　生クリームたっぷりの和風パフェ食べるし！」

「ああ。いいな。食べよう」

優しく頷いてくれる須田がたまらなく嬉しくて、愛《いと》おしい。

「あと須田、ラーメン好き!?　こってりしたやつ！　気になってるんだけど女の子だけだと入りづらいお店があって、そういうのも一緒に行ってほしいんだけどどう!?」

「もちろんだ」

ダイエットを終えたあとが楽しみすぎて、あれしたいこれしたいが止まらない。

「あとあとあと！　カウンターで牛丼食べてみたい！」

「……とめどないな、食欲が」

控えめにだけど、須田にふっと笑われて、わたしは慌てて言い訳する。

「ヴぁ!?　や、ちょ、今のナシ！　別に食べ物だけじゃないから！　他にも須田と遊びに行きたいとこあるから！　たくさん！」

「……っ！　そ、そうか……」

よくよく考えたらその言い訳も、かなり恥ずかしいことを言ってるような……。

須田《すだ》もなんだか動揺してて、わたしの顔はますます熱くなる。

やばい先走ったかも、調子に乗りすぎたかも、さすがに引かれたかもってドキドキしてたら、須田は真っすぐわたしを見て言った。

「……それじゃあ犬浦《いぬうら》、ダイエットとか、パーソナルトレーナーとか関係なく、今後も俺と仲良くしてくれ」

「……っ！」

胸がキューって痺《しび》れて、くすぐったい。

それはたしかに、わたしたちのこれからの関係を約束してくれるもので――、

「うん……うん！　する！　超する！」

この日を境に文字通り、わたしは身も心も軽くなった。


桃《もも》から〝安心感〟というヒントを得たあと、俺は熟考に熟考を重ねた。

自分を客観的に見てみると、たしかに俺は、〝安心感〟には程遠い存在だろう。

この筋肉は人に威圧感を与えるだろうし、何より筋金入りの無愛想だ。

こんな人間には、たしかに悩み事なんて打ち明けづらいだろう。

ではどうすれば、安心感を与えられるだろうか――参考になったのは、やはり俺の心の師、サイクロン鰹木《かつおぎ》だった。

サイクロン鰹木は古参のトレーニーからも一目置かれ、将来を嘱望《しょくぼう》される存在であるが、一方で初心者トレーニーからの支持も非常に厚い。

腕立て伏せすら知らないような初心者が、こぞって彼に教えを請うのだ。

なぜか。

それは、サイクロン鰹木ならどんな初歩的な質問にも優しく、丁寧《ていねい》に教えてくれるだろうという包容力、人当たりの良さ――つまりはそう、安心感があるからだ。

ではその安心感の源泉はなにか。

それは、笑顔だ。

あの爽やかな笑顔が、自然と人々の心を開かせるのだ。

それだけではない。

本来であれば威圧感の象徴ですらある筋肉が、笑顔のおかげで心強さや頼もしさの象徴へと反転するのだ。

そしてよくよく考えてみれば、それはサイクロン鰹木に限られた話ではない。

俺が敬愛するボディビルダーたちも、人間離れした筋肉を持ちながら威圧感はなく、頼もしいという印象だ。

なぜかといえばやはり皆、笑顔が眩《まぶ》しいのだ。

競技としてのボディビルにおいて、「笑顔」が審査に影響を与えるだけある。

笑顔にはそれだけの威力が、効果があるものなのだ。

そう思い至ったところで、俺のなすべきことは定まった。

俺は渾身《こんしん》のモストマスキュラーポーズに、全身全霊の笑顔を添えて、犬浦《いぬうら》に捧げたのだった。

……あとあと考えてみれば、たぶん相当見当違いな解決法だったと思う。

実際犬浦からも脳筋呼ばわりされたし、笑われてしまった。

けれど、犬浦の笑顔は戻ってきた。

そして、ストレスの原因も打ち明けてもらえた。

蓋《ふた》を開けてみればなんてことない。ただのすれ違いだったわけだ。

互いが互いに、この関係の終わりを惜しんでいるというだけの話だった。

俺はホッとしたし、何より嬉しかった。

犬浦もまた、俺との普通の友人関係を継続したいと思ってくれていたなんて、こんなに喜ばしいことはない。


――須田《すだ》と遊びに行きたいとこあるから！　たくさん！

ああ、ダイエットの終了が今から待ち遠しい。

それは犬浦もそうなのだろう。

肉体と精神は、強い相関関係にある。

この日を境に、微増さえしていた犬浦の体重はみるみる落ちて――一週間後、犬浦は見事、ダイエットを成功させた。

ep.8　一三〇キログラムの想い　了

エピローグ　自分の〝好き〟に忠実な二人

A pure-hearted gal and a clumsy macho are impatiently in love.

「そら来い！　上げろ上げろ上げろ！」

「まだ行けるだろ！　気張れ、須田《すだ》！」

昼休みのトレーニングルームに、威勢のよい声援が響く。

声の主は柔道部の主将と、ラグビー部のキャプテンだ。

そしてベンチプレス台に寝そべり、七〇キロのバーベルを上げ下ろししているのが俺だ。

柔道部主将とラグビー部キャプテンのお二人との、合同トレーニング中である。

「〰〰〰っ！　クソッ！」

ただ俺は早くも大胸筋の限界を感じ、七〇キロのバーベルをラックに戻してしまった。

柔道部主将が眉《まゆ》をひそめる。

「……どうした須田、調子悪いのか」

心配されてしまうのも当然だ。目に見えて今日の俺は、パフォーマンスが優れない。いつもだったら余裕をもって挙上《きょじょう》できる七〇キロが、重くて重くて仕方がない。

「お前の補助が下手《へた》なんじゃねえのか？」

「何だとコラァ！」

お二人が喧嘩《けんか》を始めてしまったので、俺は慌ててとりなす。

「……すみません、ちょっと昨日のトレーニングの疲れが抜けてないみたいで」

合同トレーニングというのは本来、互いに補助し合い、ハッパをかけあいながら、トレーニングの質と強度を高めていくものだ。

しかし俺のせいで、今日の合トレは不発に終わった感が否めなかった。

そして今ひとつ調子が出ないのは、明くる日も同じだった。

「——あああああ死んだ！　死んだよ俺！　聞いてくれよ、須田、桃《もも》～！」

「また死んだんだ。今度は何？」

朝のホームルームまでの時間。いつものように木場《きば》が騒ぎ、桃がやって来て、いつもの三人組が完成する。しかし、

「——というわけで死にそうだ俺！　なぁ須田、助けてくれよ～！」

「…………」

「……え、須田？　なに、無視？　俺を見捨てる気？」

「ん？　あ、すまん。ちょっとボーッとしてた」

俺は心ここにあらずで、木場の話を聞き流してしまっていた。

桃が気遣わしげに尋ねてくる。

「最近、ボーッとしてること多いね？」

「ん、む……」

「……その後どうなったかなって気になってたんだけどさ、やっぱり、あの人の件？」

桃《もも》が言う〝あの人〟とは無論、犬浦《いぬうら》を指しているのだろう。

「……まぁ、そう、だな……」

俺が素直に頷《うなず》くと、木場《きば》が目の色を変えた。

「!? 例の女か！ くっそー！ そいつを今すぐココに呼び出せー！ 須田《すだ》のことを散々弄《もてあそ》んどいて捨てやがって！ ネットで個人情報晒《さら》してやるぅぅぅ！」

「お、落ち着いてくれ木場！ 捨てられたとかではないはずだから！ ……た、多分……」

「……須田？ また何かあったんなら、話聞くけど？」

「ああ。わかってる。ただ、今はもうちょっと様子を見ようと思っててな。……気遣ってくれてありがとうな、桃」

「ううん。どういたしまして」

「……あれ？ 俺は？ 俺にお礼は!? 俺だって須田を気遣ったんですけど!?」

ここ最近の俺は、一事が万事こんな調子だ。そしてその原因は、やっぱり犬浦だった。

体重マイナス五キロ減――その目標を達成したという旨を、犬浦からラインで受け取った。

もちろん俺は嬉しかった。犬浦がダイエットを成功させたことも、犬浦の役に立てたことも、俺には大きな喜びだ。

けれど、

『ダイエット手伝ってくれて本当にありがとう！』

『ちゃんとしたお礼はまた今度改めて言うね！』

『とりあえず明日から撮影だから、頑張ってくるねー！』

立て続けに送られてきたその三通のラインを最後に、犬浦からの連絡は途絶えた。

その後少しして、ギャル系アパレルブランドの公式アンスタアカウントから、犬浦がモデルを務めた宣材写真が投稿された。

プロのカメラマンによって撮影されたそれらの写真は、ただでさえかわいい犬浦の魅力をさらに鮮烈に捉《とら》えていた。

それを目の当《ま》たりにした瞬間、俺は改めて犬浦のすごさを再認識した。

同時に、焦りにも似た感情も芽生えた。

ああ、これは間違いなく、犬浦は次のステ、、、ージに、いい、く――――という焦りだ。

そしてその予感は的中した。犬浦のモデルデビューは、大反響を呼んだらしい。

犬浦がモデルを務めた宣材写真は、そのアパレルブランドの他の投稿と比べても異例のいいね数を獲得。そして犬浦本人のアカウントのフォロワー数も急激に増え、五〇万人ほどだったのが六〇万人を突破。今もなお増加の一途を辿っている。

きっと、犬浦を取り巻く環境は、現在進行系で目まぐるしく変化していることだろう。

大忙しに違いなく、連絡がないのも致し方ない。

こちらから「ダイエット終わったなら遊びに行こう」なんて、軽々しく言えるはずもない。

そうこうしてるうちに、遊びに行く約束も有耶無耶《うやむや》になってしまうかもしれないし、結果として、やっぱり疎遠《そえん》になってしまうかもしれない。

けれど、もしそうなったとしたら、俺はそれを受け入れようと思っている。

元々が俺たちは、別世界の住人だ。

犬浦《いぬうら》という別世界の住人が、一時だけ必要に迫られて、ボディメイクという異世界に立ち寄ってくれただけのこと。

そして今犬浦は、元の世界に戻っていったという、ただそれだけのこと。

だから、悲観的になることもないはずだ。

たとえ一時でも、友達であり続けたいと犬浦から思ってもらえただけでも十分じゃないか。


——やっぱスタイルの良さって正義だね！

——自分があるんだよね！

——須田《すだ》のこと〝ただの友達〟だなんて思ってないもん。ちゃんと頼りになるパーソナルトレーナーだって、すごい人だって思ってるもん。

——須田のこと、尊敬してるから！

振り返ってみれば、そんな言葉をかけてもらえたりもした。

犬浦の色んな表情を見せてもらった。

その全てが俺にとっては誉《ほま》れで、誇りだ。

だから、犬浦と再び疎遠になっても、落ち込むことはない。

むしろ、犬浦とのひと時をプロテインだと思い、血肉に変えて、犀《さい》の角のようにただ独り筋トレに励め。

そして、犬浦の成功を陰ながら祈れ。

……犬浦、言ってたしな。

好きなタイプは、自分のことをよく見てくれてる人だと。

なるほど。ならば、そうあろう。

華やかな世界へ羽ばたいていく君を、俺はこの、汗くさく泥臭い世界からを見守ろう。


今日は水曜日。俺は放課後、トレーニングルームへ向かう。

いつもは運動部の人らで混み合いがちのトレーニングルームだが、水曜日は利用者が少なく、半ば俺のプライベートジムと化す。

今日も俺以外の利用者はおらず、貸し切り状態。集中できそうだ。

「――す――……ふっ！　ふっ！　ふっ！」

俺の呼気と、マシンの金属音が、規則正しくリズムを刻む。

今日は胸の日にした。不発だった合トレのリベンジだ。スミスマシンによるベンチプレスで、大胸筋を攻める。

己がなすべきことを再確認するように、フォームを意識して丁寧《ていねい》に。

迷いや邪念を振り払うように、七〇キロの負荷とだけ向き合って黙々と。

……なのに、

「……っ！　くっ！　ふっ！　～～っ！　くそっ！」

やはり今ひとつ、調子が上がらない。

手足と胴体、筋肉と関節、重心の移動……それぞれの連動がまるでちぐはぐで、全身がバラバラになってしまったような感覚だ。

……まったく嫌になる。

身体《からだ》がこの有様ということは、俺の心もバラバラらしい。心と身体は、強い相関関係にあるからだ。

バーベルをラックに戻し、俺は身体を起こした。

ベンチに腰掛けて、途方に暮れる。

参ったな。犬浦《いぬうら》のことはもう割り切ったはずなのに、自分の中で折り合いをつけたはずなのに……心が、筋トレではなく、犬浦を求めてしまっている。

――パタ、パタ、パタ、パタ、……。


ふと廊下の方から、乾いた音が聞こえてくる。

スリッパの足音だ。それがだんだんと近づいてくる。

十中八九、トレーニングルームの利用者だろう。

往々にして、人のトレーニングを見るとモチベが上がるものだ。それに自分以外の人がいることで、気が紛れるかもしれない。

俺は歓迎する気持ちで、トレーニングルームの引き戸を眺めた。

そして、引き戸がガラガラとスライドして現れた人物に、俺は目を見開いた。

「――あ、よかった！　やっぱりいた！　水曜日はここにいるって、前言ってたから！」

犬浦だ。

「え？」

犬浦《いぬうら》が、トレーニングルームに現れた。

眼の前の光景が信じられず、夢か幻かとすら思って、俺は呆然《ぼうぜん》としてしまう。

しかし決して大袈裟《おおげさ》な反応ではないはずだ。

なにせ犬浦は、モデルを務めた例の写真から抜け出してきたかのように、写真のままの服装で現れたのだ。

大胆なショート丈のへそ出しパーカーに、ところどころ素肌が覗《のぞ》くクラッシュデニムのパンツ。キャップも被って、犬浦の元気な印象がより一層引き立てられている。

俺が状況を飲み込めない一方で、犬浦は笑顔から一転、眉《まゆ》を八の字にして、ぱちんと両手を合わせる。

「ほんっっっっとにごめん！　須田《すだ》にお礼しに来るの、超遅くなっちゃった！　や、でも言い訳させて!?　ホントは撮影が終わったらすぐにでも来るつもりだったんだよ!?　けど撮影した後も結構やること多くてさ！　それでわたしの写真が投稿されたらされたで結構反響すごいっぽくて、またすぐモデルお願いしたいって言われたし、他のアパレルからも声がかかっちゃったりして超忙しくて！」

「……そ、そうか。そうだったのか……」

必死に弁解する犬浦に、俺はようやく返事を絞り出す。

犬浦が多忙を極めているであろうことは予想通りだった。けれど、多忙を極めた犬浦とそのまま疎遠《そえん》になってしまうとも予想していたから、この訪問は予想外だった。

俺が驚いていると、犬浦は心底悪びれて、ぽしょぽしょと口をすぼませる。

「……忙しくててんてこ舞いで、けどせっかく協力してくれてた須田のためにも、反響にはちゃんと応えようって、真面目《まじめ》に仕事に取り組んで……ってやってたらお礼しに来るのがこんなに遅くなっちゃった……ごめん～！　ラインとかじゃなくて絶対直接会ってお礼がしたかったっていう謎こだわりもあったせいで～！」

「……ああ、いいんだ。全然構わない。むしろ気を遣わせてしまったな」

平謝りする犬浦に、俺も頭を下げた。

俺の方こそ、一人で勝手に感傷をこじらせてしまって申し訳ない気持ちでいっぱいだ。

そして、犬浦のそのプロ意識や義理堅さ、直向《ひたむ》きさには、頭が上がらない。

「それより、その格好は……」

わだかまりはなくなったが、なぜ犬浦がその服装でいるのかがまだ解せない。

なので俺が尋ねると、犬浦はぱあっと表情を明るくさせる。

「あ、うん！　これ絶対、須田には生でお披露目したかったの！　須田のおかげで着こなせてる服だから！　須田のおかげでたくさんの人から褒めてもらえたコーデだから！」

「…………っ」

ぎゅんと胸が締めつけられた。

わざわざ俺のために？　この服を？

なんと小粋で、そしていじらしいことをしてくれるのか……！

愛《いと》おしすぎて犬浦《いぬうら》の目がなければその場で身悶《もだ》えしていたところだ。

「こっそり学校に持ってきてさ、さっき着替えてきたんだ。ここ来るまでに先生に見つからないかヒヤヒヤした〜」

「だ、だろうな」

「うん。……それで、どうかな？」

犬浦は、キャップから流れ落ちる髪をさっと整え、姿勢を正す。

さっきまで無邪気に笑っていたのに、急に表情がかしこまる。

モデルを務めていた写真では、その服を着て堂々としていた。

撮影の時のほうが緊張しそうなものなのに、見るからに目の前の犬浦の方が、緊張している し、照れが滲《にじ》んでいる。

華奢《きゃしゃ》な身体《からだ》をわずかによじらせて、期待と不安に瞳が揺れている。

それでも――、

「これがわたしの、〝好き〟」

だから見てくれと言わんばかりに、犬浦は腕を後ろに回した。

そして、返事を待つような上目遣いを、俺によこした。

……あぁ、惜しいなぁ。

もしも俺がカメラマンだったら、今この瞬間の犬浦をこそ、写真に収めていただろう。

例のモデルの写真よりも、格段に魅力的な犬浦が眼の前にいた。

とはいえ、そんな歯が浮くような褒め言葉はさすがに口に出せない。

「……こういうのは感想が難しいな……。いや、俺はファッションとかに疎《うと》いから、良し悪しを語るというのはどうも……」

俺はつい逃げ口上を並べてしまう。

「大丈夫。そんな堅苦しい感想は求めてないから。率直にどうぞ」

しかしわざわざ着替えてきた犬浦だ。そんな言い逃れは許さんと食い下がってくる。

こうなると俺も覚悟を決めねばなるまい。

俺は生唾《なまつば》を飲み込んで、ゆっくりと口を開く。

「……ダ、ダイエットの成果が出てると思う。素晴らしいボディラインだ」

犬浦が着ているへそ出しパーカーはかなり丈が短く、大胆にもお腹周《なか》りが丸見えだ。

しかしそのお腹は見事にくびれており、なだらか曲線が描かれている。文字通りの肉体美だ。

「やたっ。ありがと」

俺が称賛すると、緊張気味だった犬浦が、くしゃりと笑う。

その笑顔にもほっこりするが、ただ俺が本当に言いたかったのは、ボディラインに関してではない。

俺は再度生唾《なまつば》を飲み込んで、意を決して告げた。

「……あと、かわいいと思う。服もだが……ちゃんと、犬浦《いぬうら》が」

率直な感想は、ただただそれだ。

外見はもちろんのこと、こうしてわざわざ服をお披露目に来てくれる犬浦の人柄が特にだ。

〝好き〟を身にまとって得意げにしてるのがかわいい。

その〝好き〟を見せに来るのがかわいい。

そういう、自分の〝好き〟に忠実なところが、かわいくてかわいくて、狂おしいほどに魅力的で、輝いて見えて——俺は大好きだ。

「…………っ」

俺の本音の感想に、犬浦は持ち前の猫目を大きく見開いた。

そして、見る間に耳まで顔を真っ赤にさせたかと思えば、両手でその顔を覆って、しゃがみ込んでしまった。

「……マジむりしんどい……」

「ええ!? き、気に触ったか!? キモかったか!?」

犬浦のつぶやきに、俺はぎょっとする。

「あ、ううん！　ちがくてちがくて！　こっちの話だから気にしないで！」

しかし悪く思われたわけではないようで、犬浦はしゃがみ込んだままながら、ビシッと手のひらを突き出して俺を制す。

そしてうつむいたまま、ぽそりぽそりと言葉を紡《つむ》ぐ。

「……その、ありがと。褒めてくれて」

「お、おう」

「うん……。……あのね？」

「ん？」

「好きなんだ」

「…………」

「大好きなの」

「……そうか」

俺が相槌《あいづち》を打つと、犬浦はばっと立ち上がる。

そして、やっぱりまだ真っ赤な顔で、真っすぐに俺を見つめて、一生懸命に訴えかけてくる。

「だから、見せたかった！　須田《すだ》に！　この服！」

「…………」

今は泣くような場面ではない。

だからあれはメイクだろうか。

犬浦《いぬうら》の眦《まなじり》が、潤んでいるようにキラキラして見える。

「……ああ、ちゃんと見届けた。いいものを見せてもらった。ありがとう」

「うん……よかった……」

俺は心から感謝を述べる。……と、我ながら珍しいことだから、自分で気づいた。

俺は今、慎ましながらも微笑《ほほえ》んでいる。

「……けど、これからも見ててほしいんだ」

そして折よく西日が差し込んで、残照のスポットライトに彩られる中で、犬浦は熱っぽく誓うのだった。

「いつかわたし、もっと上手に、〝好き〟を伝えられるようにがんばるから」

「………………」

立派な志だ。

しかし、俺は内心、はてと首を傾《かし》げる。

犬浦の〝好き〟なら、もう十分伝わっていると思うのだが……。

だからこそ、六〇万人ものフォロワーがいるんじゃないのか。

俺からするとそう感じるのだが、しかし犬浦の中ではまだ納得がいっていないのだろう。

七〇万人でも一〇〇万人でも、もっと大勢の人に犬浦《いぬうら》の〝好き〟が伝わることを願う。

そして、そんな行く末を見ててほしいと犬浦が俺に言うのなら、喜んで見守らせてもらおう。

それは俺にとっても本望だから。

『わたしが好きな人は、わたしのことをよく見てくれてる人』だと、犬浦もそう言っていたから。

俺は力強く、「そうか、わかった」と頷《うなず》いた。

そして――、

「……なぁ、犬浦」

「なに？」

「そしたら近いうちに、『むさし乃《の》』へ行くか？　前に約束したし。ダイエット成功祝いというか、モデルの仕事成功祝いというか、そういうのもしたいし」

たどたどしくも、勇気を出して誘ってみる。

「……っ！」

犬浦は一瞬驚いたような顔をして言葉を詰まらせていたが、すぐに前のめりになった。

「そう！　それ！　その話もしたいと思ってたから！　――て、てか、須田《すだ》さえ良ければわたし的には今日でもいいんだけど!?　トレーニング終わるまで全然待ってるけど!?」

犬浦は想像以上に乗り気だった。ちょっと食い気味ですらある。

よっぽど楽しみにしていたのか。はたまたダイエットが終わって甘味に飢えているのか。

ともあれ、さすがに今日これから行こうとは俺も思っていなかったが、こういうのは勢いだ。

「じゃ、じゃあベンチプレスだけもうあと二セットやっていいか？　それで上がる！」

「え、うん！　やってやって！　だから全然待ってるってば！　気が済むまでやって！」

「いや、ちょうどあと二セットで切り上げようと思ってたところなんだ！　時間にして一〇分もかからない！　それからすぐに着替えるから待っててくれ！」

「おっけ！　あ、そしたらわたし、荷物まとめてくるね!?　またあとで校門で待ち合わせる!?」

「了解した！　じゃあそれで！」

「うん、またあとで！」

互いにまくし立て、一気に『むさし乃』行きを確定させてしまう。

犬浦は小走りでトレーニングルームを出ていった。パタパタという足音が、軽やかに遠ざかっていく。

一方で俺は、すぐさまベンチプレスに取りかかった。

実を言えば、トレーニングの続きは家でやってもよかったので、今すぐ切り上げることもできた。

にもかかわらず、ベンチプレスをやろうとしたのは、ひとえにこの後、犬浦と『むさし乃』に行くことになったがため。

なにせ犬浦《いぬうら》だって、あんなにもバッチリ身なりを決めているのだ。

ならば俺もおめかし代わりに、筋トレでパンプして、身体《からだ》をデカくしなければ失礼というものだ。

トレーニーにとってのパンプは、女性でいうところの化粧に等しいのだから。

「……ふっ！　ふっ！　ふっ！　ふっ！」

高ぶる気持ちを必死に抑え、丁寧《ていねい》なフォームでバーベルを上げ下ろし。

さっきはあんなにも重く感じた七〇キロが、不思議なほど軽くて物足りない。

俺は重量をさらに上げ、一〇〇キロのバーベルを上げ下ろしした。

心と身体は、強い相関関係にある。

身体がこの調子ということは、俺の心は今、熱く燃えている。

バーベルの重みと犬浦への想いとで、胸がパンパンに膨らんでいく。

つづく

あとがき

はじめましての方ははじめまして。お久しぶりの方はお久しぶりです。秀章と申します。

趣味は筋トレです。こういう作品書いてるくらいですからね!

ただ、もともとの趣味はボルダリングでした。

大学のサークルでボルダリングを始めて以来、三十歳くらいまでは続けてたんですが、ある時肩を怪我《けが》しまして、肩の関節がグラグラになってしまいました。

それでも登れないことはないんですけど、怪我前に比べたらパフォーマンスは落ちちゃいましたし、怪我の再発に怯《おび》えながら登るのもストレスで、いつからかボルダリングジムからは足が遠のいてしまいました。そしてその代わりに、筋トレにハマりました。

もともと、体を動かすこと自体が好きだったので、自宅でできるような軽い筋トレはしていました。ただボルダリングジムへ行かなくなって、生活に物足りなさを覚えたので、フィットネスジムへ通うようになりました。

ボルダリングも最高のスポーツなので、肩の具合と相談しながらまた復帰したいと思っていますが、筋トレは筋トレで、また別の〝最高さ〟があります。

シンプルにガタイが良くなりました。

ガチでボディメイクをしている人たちに比べたら全然ですが、それでも数年前、十数年前の自分と比べたら、よくやってると思います。自画自賛大事！

そして僕は「マッチョはカッコいい」と思っている質なので、カッコいいと思っている身体《からだ》に自分が近づいていくのは楽しいですし、充実感を覚えます。

また、筋トレというある種の苦行を継続していることが、自信にも繫《つな》がります。

それどころかこうして、「筋トレネタのラノベを書く」というお仕事にまで繫がりました。いいことづくめです。

僕は筋トレに感謝しています。

みなさんも、趣味に筋トレはいかがですか？　オススメですよ。


感謝といえば、しんいし智歩さん、素敵なイラストをありがとうございました。犬浦《いぬうら》がかわいいのは言うまでもなくですが、須田《すだ》のこともカッコよく仕上げてくださって、自キャラへの愛着がより一層増しました。引き続きよろしくお願い致します。

その他ここには書ききれませんが、本書の制作、販売に携わってくださった全ての方々に感謝を。

そしてなにより、今この本を手に取ってくださっている、貴方様にこそ最大級の感謝を。

少しでもお楽しみいただけましたら、これに勝る喜びはございません。

秀章でした。それではまた。

Chitose kun ha ramune bin no naka
千歳《ちとせ》くんはラムネ瓶のなか
裕夢 [hiromu]
イラスト／raemz
GAGAGA

GAGAGAGAGAGAGAGAG

塩対応の佐藤さんが俺にだけ甘い

著／猿渡《さわたり》かざみ

イラスト／A《あ》ちき

定価：本体 611 円＋税

「初恋の人が塩対応だけど、意外と隙だらけだって俺だけが知ってる」

「初恋の人が甘くて優しいだけじゃないって私だけが知ってる」

「「内緒だけど、そんな彼（彼女）が好き」」両片想い男女の甘々青春ラブコメ！

ガガガ文庫3月刊

公務員、中田忍の悪徳8

著／立川浦々《たちかわうらうら》　イラスト／棟 蛙《おうちかえる》

忍の下を去った由奈、樹木化する異世界エルフ、喪われた忍の記憶、そして明かされる全ての真実。地方公務員、中田忍が最後に犯す、天衣無縫の『悪徳』とは——？　シリーズ最終巻！　忘れるな、これが中田忍だ!!

ISBN978-4-09-453176-3（ガた9-8）　定価935円（税込）

ここでは猫の言葉で話せ4

著／昏式龍也《くらしきたつや》　イラスト／塩《しお》かずのこ

秋が訪れ、木々と共に色づく少女たちの恋心。アーニャと小花もついに実りの時を迎える。しかし、アーニャの前に組織が送り込んだ現役最強の刺客が現れ——猫が紡ぐ少女たちの出会いと別れの物語、ここに完結。

ISBN978-4-09-453177-0（ガく3-7）　定価792円（税込）

純情ギャルと不器用マッチョの恋は焦れったい

著／秀章《ひであき》　イラスト／しんいし智歩《ちほ》

須田孝士は、ベンチプレス130kgな学校一のマッチョ。犬浦藍那は、フォロワー50万人超のインフルエンサー。キャラ濃いめな二人は、お互いに片想い中。けれど、めちゃくちゃ奥手!?　焦れあまラブコメ開幕！

ISBN978-4-09-453179-4（ガひ3-7）　定価836円（税込）

少女事案② 白スク水で愛犬を洗う風町鈴と飼い犬になってワンワン吠える夏目幸路

著／西《にし》 条陽《じょうよう》　イラスト／ゆんみ

風町鈴。小学五年生。ガーリーでダウナー系の美少女は——なぜだか俺を、犬にした。友情のために命をかける偽装能力少女に、殺し屋たちの魔の手が迫る。忠犬・夏目が少女を守る、エスケープ×ラブ×サスペンス。

ISBN978-4-09-453178-7（ガに4-2）　定価858円（税込）

ソリッドステート・オーバーライド

著／江波光則《えなみみつのり》　イラスト／D.Y《ダイ》

ロボット兵士しかいない荒野の戦闘地帯。二体のロボット、マシューとガルシアはポンコツトラックで移動しながら兵士ロボット向けの「ラジオ番組」を24時間配信中。ある日彼らが見つけたのは一人の人間の少女だった。

ISBN978-4-09-453180-0（ガえ1-13）　定価957円（税込）

ドスケベ催眠術師の子2

著／桂嶋《けいしま》エイダ　イラスト／浜弓場 双《はまゆばそう》

真友が真のドスケベ催眠術師と認められてしばらく。校内では、催眠アプリを使った辻ドスケベ催眠事件が発生していた。真友に巻き込まれる形で、サジは犯人捜査に協力することになるが……？

ISBN978-4-09-453182-4（ガけ1-2）　定価836円（税込）

【悲報】お嬢様系底辺ダンジョン配信者、配信切り忘れに気づかず同業者をボコってしまう2 けど相手が若手最強の迷惑系配信者だったらしくアホ程バズって伝説になってますわ!?

著／赤城大空《あかぎひろたか》　イラスト／福《ふく》きつね

バズりまくってついに収益化を達成したカリンお嬢様。そこに現れたのは憧れのセツナお嬢様の“生みの親”もちもちたまご先生で……!?　どこまでも規格外なダンジョン無双バズ第2弾!!

ISBN978-4-09-453183-1（ガあ11-33）　定価814円（税込）

魔女と猟犬5

著／カミツキレイニー　イラスト／LAM《ラム》

最凶最悪と呼ばれる“西の魔女”を仲間にするべくオズ島へと上陸したロロたち一行。だがそこは、王家の支配に抵抗するパルチザンとの内戦の絶えない世界だった……。いよいよ物語は風雲怒涛の「オズ編」へ突入！

ISBN978-4-09-453184-8（ガか8-17）　定価946円（税込）

闇堕ち勇者の背信配信 ～追放され、隠しボス部屋に放り込まれた結果、ボスと探索者狩り配信を始める～

著／広路《こうじ》なゆる　イラスト／白狼《ばいらん》

パーティーを追放され、隠しボス相手に死を覚悟する勇者クガ。だが配信に興味津々の吸血鬼アリシアに巻き込まれて探索者狩り配信に協力することに!?　不本意ながら人間狩ってラスボスを目指す最強配信英雄譚！

ISBN978-4-09-453185-5（ガこ6-1）　定価836円（税込）

GAGAGA

ガガガ文庫

純情ギャルと不器用マッチョの恋は焦れったい

秀章

発行　2024年3月23日　初版第1刷発行

発行人　鳥光 裕

編集人　星野博規

編集　大米 稔

発行所　株式会社小学館
〒101-8001 東京都千代田区一ツ橋2-3-1
[編集]03-3230-9343　[販売]03-5281-3556

カバー印刷　株式会社美松堂

印刷・製本　図書印刷株式会社

Printed in Japan　ISBN978-4-09-453179-4

第19回小学館ライトノベル大賞
応募要項!!!!!!!!!!!!!!!!!!!!!!!!!!!!!!!!!!

ゲスト審査員は田口智久氏!!!!!!!!!!!!!!

（アニメーション監督、脚本家。映画『夏へのトンネル、さよならの出口』監督）

大賞：200万円＆デビュー確約

ガガガ賞：100万円＆デビュー確約

優秀賞：50万円＆デビュー確約

審査員特別賞：50万円＆デビュー確約

スーパーヒーローコミックス原作賞：30万円＆コミック化確約
（てれびくん編集部主催）

第一次審査通過者全員に、評価シート＆寸評をお送りします

内容 ビジュアルが付くことを意識した、エンターテインメント小説であること。ファンタジー、ミステリー、恋愛、ＳＦなどジャンルは不問。商業的に未発表作品であること。
（同人誌や営利目的でない個人のWEB上での作品掲載は可。その場合は同人誌名またはサイト名を明記のこと）

選考 ガガガ文庫編集部＋ゲスト審査員 田口智久
（スーパーヒーローコミックス原作賞はてれびくん編集部による選考）

資格 プロ・アマ・年齢不問

原稿枚数 ワープロ原稿の規定書式【１枚に42字×３４行、縦書き】で、７０～１５０枚。

締め切り ２０２４年９月末日 ※日付変更までにアップロード完了。

発表 ２０２５年３月刊『ガ報』、及びガガガ文庫公式WEBサイト GAGAGA WIREにて

応募方法 ガガガ文庫公式WEBサイト GAGAGA WIREの小学館ライトノベル大賞ページから専用の作品投稿フォームにアクセス、必要情報を入力の上、ご応募ください。

※データ形式は、テキスト（txt）、ワード（doc、docx）のみとなります。
※同一回の応募において、改稿版を含め同じ作品は一度しか投稿できません。よく推敲の上、アップロードください。
※締切り直前はサーバーが混み合う可能性があります。余裕をもった投稿をお願いします。

注意 ○応募作品は返却致しません。○選考に関するお問い合わせには応じられません。○二重投稿作品はいっさい受け付けません。○受賞作品の出版権及び映像化、コミック化、ゲーム化などの二次使用権はすべて小学館に帰属します。別途、規定の印税をお支払いいたします。○応募された方の個人情報は、本大賞以外の目的に利用することはありません。